# 砂上



桜木紫乃

角川文庫
22251

# 目次

# 1

　雪は、舞い始めてから数分で根雪を約束しそうな降りに変わった。

　柊令央《ひいらぎれお》は喫茶店の窓辺から、すっかり色が消えた空を見た。この先は、根雪が空に呼びかけるせいで毎日雪が降る。

　女がひとり店に入ってきた。雪に濡《ぬ》れたコートを軽く叩《たた》いて、店内八つのテーブル席を右からひとつひとつ確認している。黒いトレンチコートのベルトをきっちりと結んでいた。眼差《まなざ》しと気配に隙がない。土地の人間ではなさそうだ。ランチの客で席が埋まる店内に、彼女だけがぽっかりと浮いていた。約束の時間にはまだ五分あるが、令央は彼女の視線がこちらに定まったところで、椅子から腰を浮かせた。

「柊さんですか」

「はい、柊令央です」

　向かい側の席にトートバッグを置いて、彼女はすぐに名刺入れから一枚抜き取りこちらに差し出した。

「初めまして。小川《おがわ》です」

翔文館《しょうぶんかん》書店　月刊「女性文化」編集部　小川乙三《おとみ》――

名前の四文字は、あきれるほど棒線ばかりだった。名刺を見ながら席に着くと、彼女も脱いだコートを背もたれに掛けた。白いタートルネックに黒いパンツとロングブーツ。師走《しわす》の北海道となれば、厚着にもなるだろう。

「傘を忘れてしまって、タクシーに乗ったんですけど。ワンメーターなんですね」

驚くほど抑揚のない話し方だ。親しみやすさはまったく感じない。会いたいと言われてから「本当は最優秀賞だったんですがなにかの手違いで――」という展開をずっと期待している。令央は居住まいを正した。

「改めまして、柊です。よろしくお願いいたします」

「年末の慌ただしいなか、お時間をいただきありがとうございます」

小川乙三から「北海道に出張があるので、時間が合えば会いたいのだが」と電話があったのは、つい一週間前のことだ。「女性文化」の母娘《おやこ》エッセイ大賞に応募して、優秀賞の連絡をもらったのが一か月前。最優秀ではないので、応募原稿の掲載のみで賞金はない。

「先日、編集部からお花をいただきました。ありがとうございます」

「ご応募作品、拝読いたしました。大変重たい内容を軽やかに書かれていて、エッセイというよりは私小説のようでしたね」

「実は、係のかたから受賞の連絡をいただいたころ、母を亡くしました。これもなにかの巡り合わせかなと思っておりました」

「そうだったんですか」

「原稿のとおり、好きに生きたひとでした」

ほんの数秒、小川の口元に薄い笑いが浮かぶのを見た。彼女は差しだされたメニューに目を通し、顔を上げてミラノ風カツレツランチにすると告げた。令央も同じものを頼む。食後はコーヒーか紅茶を選べるという。

「コーヒーでお願いします」とメニューを閉じる小川に続いて、「同じものを」と告げた。

水をひとくち飲んだあと、彼女がするりと言った。

「主体性のなさって、文章に出ますよね」

令央は言葉の意味が飲み込めず、首を傾げた。店内に流れる「パリの恋人たち」のメロディーに、小川乙三の余裕が重なる。

主体性のなさ、ですよ——

彼女が一音ずつ切りながら言った。令央はやっと自分についての指摘だと気づいた。

「柊さん、おいくつでしたっけ」

「四十です」

「そうですか、わたしより五歳上だったんですね。生意気な口をきいてすみません」

小川は「五歳」と語尾を上下させ二度繰り返したあと、ひとつちいさく息を吐く。プロフィールを見ているのなら令央の生まれ年くらいおさえているはず、という期待はすでに薄れていた。彼女がいったい何を言いたいのか、その口ぶりから汲《く》み取るのは難しかった。令央は、無難な言葉を探しているうちに放ったひとことでババを引いた。

「最優秀賞って、一年間『女性文化』でのコラム連載が副賞でしたね」

賞金十万円と、一年間のコラム連載。あと一歩で届かなかった現実が、思いのほか昏《くら》い気持ちを連れてくる。

「来年もがんばります」

でまかせが口を衝《つ》いて出た。小川の口元に冷ややかな笑みが浮かんだ。

「柊さん、月刊婦人雑誌で八百字のコラム連載一年ってどういう意味かわかりますか」

首を横に振った。老舗婦人雑誌で連載など、夢のまた夢だと思っていた。届かなかった現実は見なかった夢よりたちが悪い。

「一か月八百字って、原稿用紙二枚ですよね。一年で二十四枚ですよ」

「たしかにそうですけど」

「最終的なボリュームも未定なまま一年ということは、書籍化する予定もエッセイストとして認めるつもりもないんです。現実的には、名の売れた作家か評論家の原稿ならまだしも、最優秀エッセイの副賞で世に出るのは難しいです。もしも柊さんが、完全なフィクションでしたという触れ込みで一冊になったときの効果を狙っているのなら、大きな間違いというかひどい勘違いです」

小川乙三は言葉だけではなく、眉間《みけん》にも棘《とげ》を持った女だった。三十五という年齢に似合わぬ皺《しわ》がくっきりと二筋刻まれている。毎日毎日、眉間に皺を寄せて仕事をしている彼女を想像する。応募した賞の現実と次点の応募者への嫌味が目的でやってきたのなら、暇、あるいは相当趣味の悪い女だ。令央が呼吸を整え「そちらの席、寒くないですか」と言いかけたところで、彼女が遮った。

「柊さん、あなた今後、なにがしたいんですか」

「いつか、書く仕事がしたいと――思っています」

つっかえながら絞り出した情けない言葉を耳の奥で繰り返した。いつか、がいつなのかわからない。更に言えば自分が書いているものがなんなのかも、わからない。

ミラノ風カツレツが運ばれてきた。

先に手をつけるのをためらっていると、小川が「編集者は書き手がひとくち食べるまで箸《はし》をつけないのが原則なんです」と言った。令央は慌ててカツレツをひときれ口に入れた。

砂を噛《か》むようだ。なんの味もしない。彼女は余裕のある仕草でカツレツを口に運ぶ。案外美味しいですね、という言葉に同意を欲しているのかどうか、その表情から想像するのは難しい。

皿を半分空けたところで、彼女が言った。

「ところで柊さん、今年も『オリオン短編小説新人賞』に応募したんですか」

なぜ小川乙三が他社の新人賞応募について知っているのか。フォークに刺したカツレツを持ったまま、彼女を見た。令央の視線を受けて、小川がにっこりと笑った。

「わたし、去年の暮れにオリオン社から今の会社に移ったんです。毎年のご投稿ありがとうございました。オリオンの前は銀河《ぎんが》舎《しゃ》におりました」

カツレツどころではなくなった。令央は毎回名前を変えて、どちらの新人賞にも応募していた。胸の奥へとめくれ落ちてゆくような気持ちで水を飲む。自分の内臓、あるいはすべての弱みを一気に握られたような、この感覚は不快感というよりは痛みに近い。喉《のど》の奥に、カツレツがひときれ引っかかっていた。飲み込むがなかなか落ちてゆかない。

「文芸編集ばかりやってきたんですが、翔文館書店で最初に配属されたのが『女性文化』だったんですよ。月刊の婦人雑誌は初めてで、けっこう勉強になります。編集者になってずっと新人賞の選考に関わってきました。銀河でもオリオンでも、失礼ながらお名前は記憶していませんでしたけど、柊さんじゃないかな、と思う作品に何度か出会いました。どれも、面白かったですよ。似たようなお話ばかりでしたけど。毎回、柊さんの並々ならぬ熱が込められていて、わたしは嫌いじゃなかったです」

ありがとうございます――声がかすれた。目の前に、令央が小説の新人賞に投稿していた事実を知っている人間がいるというだけでこの場から逃げ出したい。いや、と令央は首を横に振った。ここは、怯《ひる》むところじゃない。小川は令央を覚えていたのだ。

「いずれも原稿用紙五十枚前後のものでしたね」

「すみません」

彼女の皿には千切りキャベツの一本も残っていなかった。

「微妙に設定を変えてはいましたけど、いつも母、自分、妹の三人しか出てこないお話だったと記憶しています」

気づけば顔が下を向き、テーブルの縁しか見えない。

「いいんですよ、ひとつのテーマを十年二十年追いかけたって。新人賞に送られてくる原稿は、絶版になった文庫の丸写しとか、同じ原稿を毎年とか、二重投稿や三重投稿なんてのはしょっちゅうです。ブログで書いていたものは未発表だと思ってるひと、いっぱいいますから。まぁ、どこかにちょっとでも引っかかればいいと思ってるんでしょうが」

とりあえず読めるくらいの文章を書けているのでたちが悪いのだと彼女は続けた。底意地の悪い響きを残さないのが気になった。言葉はするすると胸に落ちてくるのだが、令央の喉にはまだカツレツがひときれ引っかかったままだ。飲み込んでも飲み込んでも、肉が喉から落ちてゆかない。呼吸が速まり、瞬《まばた》きが多くなっている。

「わかるんですよ、毎年連絡先を変えても筆名を変えても、文章の調子だとか頻発する語句だとかで。なにより、好きなフレーズって無意識に使っちゃいますし。無意識って怖いですよ、意識がないから永遠に気づけない。これって、言われて少なくすることはできるけど、そうするとまた別の無意識が同じような癖を連れてくるんです」

で、と彼女が続けた。

「今年も送ったんですか」

「すみません」と答えるのが精一杯だ。彼女の視線がテーブルの下に落ちた。腕の時計を見ている。

「柊さん、ビストロのお仕事は何時からでしょうか」

「今日は七時にお店に入ります」

「ここからは遠いんですか」

「駅ひとつです。徒歩を入れて三十分もかかりません」

じゃあ、と彼女は仕切り直すように「続けましょうか」と言った。ウエイトレスに皿を片付けてくれるよう頼む小川の鼻筋に気の強さが窺《うかが》えて、怯んだ。半分残したことを詫《わ》びて皿を片付けてもらう。令央の食が進まぬことについて、小川乙三はなにも問わなかった。

「柊さん、この先もこんな調子でやっていくおつもりですか」

小川の問いに、つかまれた内臓がひび割れてゆきそうだ。感情をひとつひとつ言語化しようと試みるおかしな癖が鬱陶《うつとう》しい。

「エッセイで世に出たいというわけでもなさそうですよね。今の時代、残念ながらそんなひとは数えるほどしかおりません。エッセイ市場も老舗とネット上の熾烈《しれつ》な戦いで生き残ったひとの二極化です。本は売れないのに、書き手の数は年々増えている。文章教室に通ったからといってすぐ書けるものでもありません」

それで――小川は言葉を切ったあと、更に低い声で言った。

「小説を書きたいのなら、書けばいいんじゃないかと思うんですよね」

気づくと令央はコーヒーカップの中をのぞき込んでいた。いまこの目で見たいものがなにもなかった。視界に入るものがすべて鬱陶しい。小川がそこだけ妙に柔らかな気配で言った。

「年齢的に、もう後戻りしている暇なんかないと思いますし」

「どういう意味でしょうか」

「失礼ですけれど、ビストロの収入ってどのくらいなんでしょうか。後学のために、差し支《つか》えなければ教えていただけませんか」

「月平均、八万くらいです」

「ほかには、なにかされているんですか」

少し迷いながら、三年前に別れた夫から、多少の援助があると伝えた。

「多少って、どのくらいですか」

「月、五万です」

「合計十三万の生活費から、お家賃や水道光熱費もお支払いに？」

「築四十年のボロですけど、とりあえず持ち家なので」

取り調べを受けているような気分になってきた。令央の答えを聞いても、小川の眉《まゆ》はほとんど上下せず、おうむ返しをしては次の質問へと移るのだった。

「そこにおひとりで住んでる、と。贅沢《ぜいたく》と病気とギャンブルさえしなければ、まあ物価の安いこのあたりならなんとか暮らせますね」

彼女の言葉がこちらにとって失礼かどうかを考える気力もなくなっていた。贅沢と病気とギャンブルさえしなければ、が何度も耳の奥に響いている。

で――小川の言葉が一音一音切れて、やけにゆっくりになる。

「柊さん、あなた、なぜ小説を書くんですか」

「なぜ、って」

「実は今日お目にかかろうと思ったのは、いったいどんなひとがこんな話を書いているのかという興味があったからなんです。熱に浮かされるみたいに匂いのいい言葉を自分に都合よく並べて小説らしいものを書こうとしているのか、それともこの題材を切り札にして世に出ようとしているのか」

改めて言葉にされても、令央自身がどちらなのかわからないのだった。

「別に、褒められてるわけじゃないんですよね」

自棄《やけ》なのかどうか、令央自身が自分の言葉に戸惑った。

「特別、けなしているつもりもないです」

「正直、今まで応募してきたものを、読んでくださったかたがいたことに驚いています。小説でもエッセイでも、ちゃんと書けていればいいなと思いながら書いていました。どれも似たようなものだったなんて、言われるまで気づきませんでした」

それなら——小川は満足そうに言った。

「今までのお話をすべて捨てて新たに構築しなおした、使い回しのきかない一本を書いてみる気はありませんか」

気づけば息を止め、両肩が持ち上がっていた。全身に妙な力が入り、気を抜くと内側から空気が抜けてゆきそうだ。気持ちが勝手に走り出し、本人を無視して期待を始めている。

「二年前にオリオンに応募された『砂上』っていうお話、良かったんですよ。あと何社応募されていたのかわかりませんが、似たような設定のものが新人賞の最終選考に残った記録はありませんでした。『砂上』は柊さんが投稿されたもののなかで、たぶんいちばん面白いものだったと思います。自分が十六で産んだ娘を妹として育てる女と、その母との生活が柱でしたね。女の事情が二代にわたる感じとか、地方都市の金銭感覚とか、その土地が持つ独特の風景とか。地味なだけに、もしかしたらこのひとは書かなきゃいけないものを持っているのではないかと思ったんです」

　モノクロにしか見えない砂丘に、一箇所だけ金色の砂が採れる場所があるという設定が良かった、と彼女は言った。

「中田《なかた》島《じま》砂丘に実際そんな場所があるのかどうか、ネットの検索では一行も出てきませんでした。どうやら地元の噂でもなさそうで。ということは、創作あるいはあなたにしか見えない世界があったということですよね」

　でも、と小川は声を落として続ける。

「五十枚の短編で視点をふたつにされると、読むほうはうるさくてしょうがないんです。書き手が自分の世界観を伝えようとして焦っているのが丸見えなんですよ。短編に目の玉は四つ要らないんです。ただ、その下手さが読み手の心に引っかかるのも確かです。小説講座に通ってるひとの書くものは、そこそこ巧《うま》いし講師の手つきが透けるのですぐにわかります。大事なのは書き手本人が何を見てきたかなんです。目玉はふたつでいいっていうのはそういうことです。いまの柊さんのお原稿は、ひとりよがりな一人称なのでお世辞にも小説とは呼べませんけど」

自分たちが「新人賞」の応募原稿で見たいのは「芸」ではなく「素材」なのだと言ったあと、彼女は数秒口を閉じた。そして眼差しをするりと令央に戻し言った。

「柊さん、『砂上』にもう一度挑戦してみませんか」

「どういうことでしょうか」

「あの素材を活かして、読んでもらえるような原稿を書くってことです」

「誰が読むんでしょうか」

「わたしです。ご不満でしょうか」

我ながら間の抜けた質問をしたと悔いたときには、既に首を横に振っていた。

「一日に書ける原稿枚数って、どのくらいですか」

「多くて十枚くらい」

どうして見栄《みえ》を張るのか自分でもわからなかった。十枚書いた翌日はその満足感でまったくやる気が起こらないくせに。

「じゃあ、大丈夫ですね。三人称一視点で三百枚くらいあれば読みやすいものになると思います。材料が腐る前に、三か月後の完成を目処《めど》に一度お原稿を送ってください。早まるのはまったく問題ありません。勢いも大切です。そこから話を進めましょう。なにかわからないことがありましたら、連絡をください」

三人称、三百枚、三か月後、小川乙三。

三ばかり並んでいた。こちらの動揺を知ってか知らずか小川が注文票を手に取った。

「そろそろ行かないと」

今夜はすすきので撮影があるという。出張の目的はあくまで札幌在住の書き手であって、柊令央ではないのだった。

窓の外を見る。雪は止んでいるが鉛色の空は変わらなかった。小川はレジで領収書の宛名を訊《たず》ねられ「翔文館書店」とぶっきらぼうに答えた。

外に出た。気温はプラス三度というところか。耳と鼻の冷える早さでだいたいの気温がわかる。数センチ積もった新雪に一歩踏み出すと、湿った雪にくっきりとした足形がついた。東京の冬靴は雪道用のソールがついていないと聞いたことがあるが、彼女のブーツはグリップの利いた圧雪用だ。背丈は令央と大きく違わない。あっても百六十を超えるかどうか。慣れた足取りで雪道を歩く彼女に、遅れないよう少し大股《おおまた》になる。

最寄《もよ》りの駅が見えるまで、女ふたり無言で雪道を歩いた。車道は車の幅にアスファルトが透けている。

「小川さん、あまり寒がりませんね。たぶん今、冷蔵庫より寒いですよ」

「大学が北海道なんです。こっちには六年住んでました」

院に進んだのかと問うと「留年です」と返ってくる。

横断歩道のボタンを押して、小川が立ち止まる。令央も横に立った。やろうと思えば斜め横断も可能な交通量だ。横断歩道を渡り終えたところで訊ねてみた。

「主体性のある文章って、どうやったら書けるようになりますか」

小川は足を止め、驚いた表情を隠さず「自分の意思で、書きたいように書けばいいじゃないですか」と言った。そして一緒に立ち止まった令央の顔をまじまじと見たあと遠慮のない真顔で言った。

「『砂上』を読んだとき、このひと精神的に決定的なダメージを受けたこともなければ、友達もいないんじゃないかって思ったんです」

「そうですか」語尾が上がりきらない。

「そんなものなければないで何とかなるだろうって思わせるラストに、言い切る爽快《そうかい》さがあったのも事実です。『みんな薄情、みんな鈍感』っていう切り口は面白いんです。けど、あのラストに持って行くまでの腕と枚数が足りない。正直言うと翌年ご応募いただいた原稿は、人物造形がなっていませんでした」

札幌行きのホームを確認する際、彼女は思い出したようにくるりと振り返った。

「柊さん、今おつきあいしている男性はいますか」

昨日の天気を訊ねるような口調に、思わず「いません」と答えていた。

「じゃあ、だいじょうぶですね」

彼女はそう言うと、こちらの反応を待たず「では失礼します」と腰を折った。令央は、エスカレーターで斜め上に移動する彼女を見送った。


夕方再び雪に降られた日の客足は、思ったよりも伸びなかった。地上の光を吸い込んだ厚い雲が、夜の空を明るくする。夜半にかけてまだ降りそうな気配のなか、ビストロ エドナに立ち寄る客はまばらだ。最後の客を送り出したのが、午後九時。ラストオーダーより三十分早い切り上げとなった。オーナーシェフの志《し》水《みず》剛《ごう》が伸びをする。

令央が厨房《ちゅうぼう》前のカウンターを拭《ふ》いていると、中から剛が「どうだったの」と訊ねてきた。今日、東京の編集者が訪ねてくることをこっそり剛にだけは伝えてあった。

「なんの話かと思ったら、小説書いてみろって」

「本気かよ」

無口なシェフで通っている剛だが、小中学校から同じ教室にいた令央には、独立の話から家族のことまで、気兼ねなく話す。三十年来の付き合いだが、異性として意識する前に謎がなくなってしまった関係のことを剛は「スモーク」と言って笑う。時間に燻《いぶ》されることがお互いの領域を守る手段になっているらしい。保身の進化形なら、それもいいと令央も思う。

「お前、小説なんて書けんの？」

「言ってなかったけど。今まで応募してた原稿、読んでくれてるみたいだった」

「わざわざ会いに来るとは、見込みあるってことか」

それがいけすかない女なの、という言葉を飲み込んだ。背中を向けて、六つあるテーブル席を拭き始める。エドナは、幼なじみの志水剛が江別《えべつ》駅前にあった取り壊し寸前の実家を改装して始めた店だ。もともとは酒屋だったが、パルプ工場の冷え込みとともに廃業した。剛は札幌のホテル勤務ののち、ドイツとイタリアで修業したあと、地元に戻った。いまは二階の住宅部分で七十になる母とふたり暮らしをしている。

「うちのおふくろが、たまには顔を見せろって言ってたぞ。お前んところの母ちゃんが死んでから、急に心細くなったみたいだ。自分より若いもんが先だと、やっぱり落ち込むらしいな」

「珠子《たまこ》おばさんには、いろいろお世話になっちゃったな。家族葬だからなんも要らないって言ったのにね」

「支払いとか、書類とか、そういうのはもう終わったのか」

「事務仕事は美利《みり》のほうが得意だから、ぜんぶ任せてる」

「美利ちゃん、いくつになったっけ」

二十四、と答えて、厨房からは声の届かぬテーブルへと移った。

その夜、店を出ると街には再び雪が舞っていた。風の抵抗をまったく受けないまま落ちてくる軽い雪が、オレンジ色の街灯をすり抜けて地上へと辿《たど》り着くのを見るのが好きだった。くるぶしまで積もった雪が、足の裏できしんだ。

駅から、まばらな人影が散っている。横断歩道の手前からだと、両手を広げればすっぽりと収まってしまいそうな駅舎だが、札幌への通勤客を乗せる際と彼らが戻る時間帯は人が溢《あふ》れる。

令央は明るい夜空から降りてくる雪を飽きるまで眺めたあと、ダウンコートのフードを被《かぶ》り家路を急いだ。開いたスマートフォンのＬＩＮＥ画面に、美利からの連絡が入っていた。書類手続きはすべて終了したとある。母が死んでから慌てて繋《つな》いだ通信手段だった。

市内に住みながら、妹と会うことは滅多にない。美利は四月に勤め先のカラオケ店で店長を任されてからはほとんど実家に顔を出さなくなった。令央が結婚して家を出ていたあいだ、高校時代のアルバイトから正社員になり店を任されるまでに、令央は妹になにがあったのかを知らない。今もお互いを知り合えるほどの親しさもないまま姉妹を続けている。ふたりの情報のほとんどは母親のミオを通していたので、ミオを亡くした今はＬＩＮＥが頼りだ。

一か月前、ミオは頭が痛いと言い始めてから三日目で入院し、その二日後に呼吸を止めた。いまどき、六十という年齢は死にふさわしくない。けれど、ミオを思い出すと、不思議でもなんでもないことに思えてくる。

ミオが遺《のこ》したのは、令央と美利、そして国道十二号線から一本入った住宅街にある古い木造二階建ての一軒家だけだった。貯金も借金もなかった。勤め先だったスナックはとうに店を閉めており、令央も美利も母が誰とどのくらい親しかったのかを知らないので、積極的にその死を報告する先も見つけられなかった。知人友人、どの縁とも希薄に生きた母だった。唐突な死に方も、考えてみれば母らしい。

ストーブが暖まるまでのあいだのつなぎに、オイルヒーターのスイッチを入れた。こたつに脚を入れ、背中の近くにオイルヒーターを置いて綿入れ袢纏《はんてん》を羽織る。今日の夜食は、剛が持たせてくれた自家製ピクルスとハンバーグだ。冷え切る前に食べようと思うのだが、なんとなく食欲も湧かないままノートパソコンの電源を入れた。

家に戻りパソコンを開くと、魔法が解けたような気分になる。今日はそこへ小川乙三のひとことが何度も響いてきた。

――柊さん、あなた、なぜ小説を書くんですか。

バッグから、小川乙三がくれた封筒を取り出す。クリアファイルに挟んだＡ４の紙が一枚出てきた。令央が送った母娘エッセイの原稿だった。令央は打ち出された「母と娘と妹と娘」を目の前に置いた。

小川乙三は、原稿には一切コメントを入れていなかった。このまま掲載になるという。アドバイスの価値なし、と言われている気がしてただうすら寒い。クリップで留められたメモ用紙に四角くびっしりと文字が並んでいた。それはまるで、見えない小さな原稿用紙の枡目《ますめ》のようだった。細かな文字をひとつずつ目で追った。

『優れたエッセイの九割は虚構と言われていることも事実ですが、正直申し上げると、このお原稿は「残る」あるいは「読ませる」エッセイの条件を満たしているとはいえません。それは、わたくしが以前からこの内容で書かれた柊さんの短編小説を拝読していたせいかもしれません。いち編集者としては、虚構ならば虚構らしく堂々と小説というかたちで発表されることを願ってやみません。登場人物に血流を感じないエッセイより、血の流れ出る様が見える虚構を読ませていただきたいと思っております。僭越《せんえつ》ながら申し添えれば、エッセイにも小説にも「誠意」が必要です。小川乙三』

息を止めていたことに気づいたのは、三回読み返した後だった。

虚構ならば虚構らしく、堂々と――

乙三がなぜ「砂上」のタイトルを出してきたのか、この一文によって繋がった。

現実を「堂々と」書くことができないゆえの虚構なのだが、彼女はまっすぐそのことを指摘する。

誠意か——

口に出してから、そんなもの、と吐き捨てたくなる。

剛が持たせてくれた夜食は、冷えてしまった。温め直すにはこたつから出て、台所の冷たい床を踏まねばならない。

誠意なんて——もう一度音にしてみる。

小川乙三は「砂上」を書けという。令央について彼女が言う「決定的なダメージを受けたこともなければ、友達もいない」という指摘は、大きく外れてはいなかった。そうでなくては、別れた夫から月々五万の慰謝料を受け取り続けることもできない。文章を書けば主体性がなく、私生活ではプライドのない四十女だった。そこには、鈍感で図々《ずうずう》しくなければ生きていくこともできない現実がある。

令央の生活は、十年連れ添った夫が別れの代償として支払い続ける「慰謝料」とビストロ勤務で得る収入でまかなわれている。不貞の末の離婚について、慰謝料五百万の言い値を素直にのむ男の「誠意」について、深く考えると頭が割れそうになる。夫が選んだ、月五万円の支払いを伴う「家庭の幸福感」は価値を失ったらすぐさま停止してしまう。支払われているということは、彼がまだ今の生活に価値を感じているということなのだ。

バッグから預金通帳を出した。左の欄には「50,000」の誠意が並び、右の欄ではそこから三万円を引き出すプライドなき生活が透ける。小川乙三が言うように、贅沢も病気もギャンブルもしないことでぎりぎり食べられる金額だ。

三十七のとき、離婚と同時に母の家に転がり込んだ。同級生の経営するビストロに職を得られたことで、なんとか母とふたりで暮らして来られた。小川乙三の指摘でずれた蓋《ふた》の隙間から、箱に入れっぱなしになっていたあれこれがこぼれ落ちてくる。今まで捨て置いてきた自分の「不誠実」が反転して、乙三のかたちになって降りてきた気がする。

いやな一日だった――

ほんとうに、いやな一日だった――

預金通帳を閉じ、乙三の細かい文字を伏せた。暖まってくる茶の間の、壁から絨毯《じゅうたん》からこたつ布団から、死んだ母のにおいが立ちのぼってくる。

その夜、足が冷えてよく眠れなかった。浅い眠りをいくつか繰り返しながら何度も、理由もわからず逃げている夢を見た。令央は目覚めるたびに「逃げるのは現状脱出のいい夢」と言い聞かせた。

## 2

師走《しわす》も終盤に近づくとエドナも予約客でいっぱいになる。令央も午前十時から夜中までほとんど休み時間がない。

爆弾低気圧が北海道上空を覆った夜、札幌―岩見沢《いわみざわ》間のJRがすべて運休になった。ディナーの予約が二件流れた。志水剛が苦笑いをしながら、トリュフ入りのピラフボールという贅沢《ぜいたく》なまかないを作った。まかないは剛本人と二階にいる母親の珠子と令央が食べる。剛が「美利ちゃんが来るときは多めに持たせるよ」と言ってくれるが、そんな予定が入る気配はなかった。

年内の通常営業を終えた日は、雪が真横に流れながら降っていた。明日からは年末オードブルの準備に追われる。パソコンを開くと、小川乙三からメールが入っていた。

『お目にかかってから一週間経ちました。お原稿、進んでいらっしゃいますか。お体に気をつけて、深く深く人間を掘り下げてください。こちら、年末進行中です。返信不要です。小川乙三』

本人同様メールの文章までが素っ気ないが、彼女の極端な無愛想さには愛想の向こう側を想像させる広がりがあった。母の死後をだらだらと流れてゆく時間がメール一通で変化する。

死んだ人間が遺《のこ》すものは金でも思い出でもなかった。人間がひとり欠けたあとの心情は、欠けてみないとわからない。母を亡くしたあと、予想した喪失感もかなしみも得られないまま一か月以上が経った。令央の内側には感情といえるものがなんにもないのだった。乙三にそれを見抜かれているのなら、掘る先はその一点なのだろう。人情などという言葉の無力さを、あの女は知っているのだ。いつか書こうと思っている物語が、いつまで待っても書かれない現実も。

令央は綿入れ袢纏《はんてん》を着込んでテレビ台の小引き出しを開けた。母のもの以外入っていない引き出しだった。財布と領収書、インクの出なくなったボールペンと、解約したあとは捨てにくいゴミになった携帯電話。

令央はそれらを横にずらし、奥のほうに手を入れた。透明のビニール袋に入れられた、一冊の母子手帳を釣り上げる。

母の氏名　柊ミオ。子の名　令央。出生場所は札幌市。

母子手帳は令央のもの一冊きり。妹の美利のぶんはなかった。

令央は袋を開き、中からほこりくさい母子手帳を取りだした。赤ん坊の出生日は四月十九日。前年十二月半ばの健診時、ミオの体重は四十八キロで、二か月後の二月には六十八キロに増えている。ページをめくると、母子手帳に並ぶ数字はどんどん増え続ける。食欲に忠実な母の生活を想像してみた。最終の健診で記された体重は八十八キロだった。妊娠期間に四十キロ増の女が産んだのは三千四百グラムの女児。分娩《ぶんべん》は「異常」で「骨盤位」。産科手術は「有」。神経質そうな万年筆の筆跡で「側切開」とあった。そこからの記録は妊婦のものから子のものへと移る。

　令央がいつ終わるかというため息をつくのはこのあとだった。一か月健診でミオの体重は出産時と同じ八十八キロのままだったのである。

　令央が幼いころからずっと、母の傍らにはいつも菓子袋と酒瓶があった。すいすいと飲んではいるのだが、酔っ払っているところは見たことがない。令央はスナック菓子をつまみに酒を飲む母の横で、いつも本を読んでいた。声に出して聞かせてくれと言われてからは、朗読をした。絵本や、少し背伸びをした小説や、ときには図鑑まで読んで聞かせた。ミオが寝息を立て始めると、令央は声をちいさくした。

　小学校二年生のとき、令央は原稿用紙一枚の作文を書いた。水のように酒を飲み、スナック菓子を食べる母を「ママの体はお菓子」と題して、幸せを体にため込むことが出来る母の「しあわせ」について綴《つづ》った。お酒をいくら飲んでも水と同じならいっそ水にすればいいのに、という子供の言葉を、ミオは煙草の煙の隙間で笑った。担任教師は、「テーブルの上に残されたお菓子の袋をのぞき込むと、ちいさなお母さんがいるような気がする」という一文が素晴らしいと言って褒めた。

引退するまで、ミオの仕事先は常に夜の街だった。気っ風のいい肥満ホステスの需要が途切れなくあったということだ。ものごとの割り切りも早いし、夜の街では好かれる女だったろう。ひとつ不思議なのは、ミオが死ぬまでのあいだその横にも後ろにも男の影がまったくなかったことだった。

令央は退院時から続く自分の成長記録を見たあと、母子手帳を袋に戻した。袋の中に「ちいさなお母さん」がいるような気がした。

母子手帳が一冊しかないのにはわけがある。妹の美利を産んだのは、令央だった。

ミオは令央の妊娠に気づいたときに「産みなよ」と言った。

——あたしの子として育てるからさ。

十五の春、命の始末をつける恐怖がミオの言葉によって薄れた。ミオは相手が誰かをひとことも訊《たず》ねなかった。十五の娘の妊娠という現実をつきつけられた母親に予測される反応をほとんど示すことなく、ミオは令央に出産を勧めたのだった。

——どっか遠いところでこっそり産んじゃおうよ。

あの日、令央は自分が一生超えられない女のかたちを見た。

——妊娠はね、女が選ぶ生き方の始末なんだ。自分の産んだ子を見るのも、いいもんよ。

三十代半ばで出来た孫を娘として届け出たあと、ミオは「これはこれで面白いわ」

と笑った。

——父親は違うけど、女の子ふたりいるの。まだまだ産めるよ。

男っ気のなかった女が一夜の迷いで妊娠し、産まない選択もあったはずの子を産んだという物語にしたことで、ミオの身の上話は酒場の美談になった。

不意に携帯電話が震え始めた。壁のデジタル時計が零時五分を表示している。充電器にのせた携帯画面をのぞき込んだ。「庄司《しょうじ》」——三年前に別れた夫からだった。

「なにかありましたか」

真夜中の声が物欲しそうに響いてはいけない。仕事は終わっているかと訊ねられ、帰宅していると告げた。手短に済ますと男が言う。「出来れば君じゃない人とやり直したい」というひとことで、慰謝料を請求することに決めた相手だった。

男には新しい女がいた。出来れば、のひとことが余計に神経を逆なでしたのを覚えている。

ならばこちらの、やり直せない十年を埋めるための慰労金をくれと言ってみた。五百万円を月五万円ずつ。美術専門学校の事務職員にはそれが限界だと男は言った。十年内に支払うというからには、もらい終わるまで令央も再婚できない。よく考えるとおかしな約束だった。

「年内にちょっと時間作ってくれませんか」男が言う。

「外に出てかけてるんですか？」ほんの少しはぐらかしたが、却《かえ》って虚《むな》しく恥ずかしい。この台詞は失敗だ。

「会って話したいことがあるんです」

「別にいいけど、電話じゃ済まないことなんですか」

「電話じゃ失礼かと思いまして」

この男が必要以上に丁寧なもの言いをするときはたいがい、いい話ではない。

「年内は大晦日《おおみそか》の夕方まで仕事なんです。オードブルの引き渡しが終わらないと無理ですね。お正月の三が日はお休みだけど」

言ったところで、あぁと納得する。用件は年をまたぎたくない内容なのだ。

「わかりました、午前中の十時前なら時間を作ります」

「じゃあ、明後日の朝九時に、お宅の近所にあるマクドナルドでいいでしょうか」

通話後、もっとましな場所があるのではとあちこち思い浮かべてみた。しかしスーパーの入口もおかしいし、駐車場もなんだかしなびている。二十四時間営業で健全、ふたりきりにはならないことを前提にすると、札幌への通勤通学人口の多い地方都市には、朝の九時に適当な待ち合わせ場所もなかった。

マックか――

金属が雪を削る音が聞こえてきた。軒ふたつ離れた家に住む老人が除雪を始めたようだ。雪山に吸収されない乾いた音がヒリヒリと響く。毎年決まって真夜中だった。聞けば本人は朝だと思っているという。今シーズンは誰が苦情を言いに行くのか、そろそろ腹の探り合いが始まる季節だ。生前のミオはいつもどこからか、そんな話題を仕入れてきてはおもしろ可笑《おか》しく語っていた。

朝九時のマックには、学校に行きそびれた高校生と、パジャマ姿のような若い男女、このままいつまでも出勤しなそうな勤め人、あきらかに朝から家を出された老人たちがいた。テーブルをひとつずつ空けて、ぼんやりと雪の窓を眺めている姿は、よく見るとどれも似た気配で、年齢にかかわらずどの顔も老人めいている。

「忙しいときに、すみません」と男が言った。てらてらとよく光るダウンジャケットを、脱ぐ気はないようだ。呼び出しておいて男はなかなか用件を切り出さなかった。手元に引き寄せた紙コップのコーヒーに砂糖とミルクを入れて、こちらを見ようともしない。

「用事って、なんですか」

ゆるゆると顔が持ち上がる。久しぶりに元夫の目を近くで見た。小動物みたいだ。庄司はひとくちコーヒーを飲んだあと、かくりと首を前に倒した。そして、次に顔を上げたときには「申し訳ない」と言った。

「自分の立場は重々承知の上で、お願いがあります」

「だから、なに」

別れたいきさつを蒸し返すのは、まだ少し早い。今日を賢く過ごすためにも、必要以上に疲れないためにも、苛立《いらだ》つことは避けたい。令央は砂糖をたっぷり入れたコーヒーを飲んだ。再び「主体性がない」という言葉が蘇《よみがえ》る。相手に後ろ暗いところがなければ、堂々と会えもしない自分がいた。

「毎月の送金、ちょっと減らしてもらえませんか」

「どういうことですか」

「給料が下がったり、生活が変わったり、いろいろあるものですから」

「いろいろって、なに」

会話にもならない問答のあと、男の唇がふるりと一度震えたのを見逃さなかった。普段の生活では浮上することのない、残酷な思いが湧いてくる。

「生活が変わったって、どういうことですか」

男の呼吸は見るからに浅い。

「子供が出来たんです」

男は五十だが、相手の年は半分だ。子供が出来たってなにも不思議じゃない。

「ずいぶん気をつけていたはずなので、まさかと思いました。どうしても産みたいと言うんです。考えてみると僕もいい年だし」

そこで言葉が途切れた。いいわけする相手を間違っていることに気づいたようだ。男は忙《せわ》しない仕草で残りのコーヒーを飲み干す。隣のテーブルに座った大学生がノートパソコンを開いた。

「慰謝料の減額、ってことですか」慰謝料、に力を込めた。

「減額というか、なんというか」

「約束と違いますよね」

「わかってます。充分承知しています」

ただ、子供が生まれるとなると狭いアパート暮らしもつらい。広い部屋に引っ越すか、戸建てを考えるときが来たという。

「あれこれと話し合って、子育て環境なんてものを考えていたら、ちょうどいい物件が見つかったんです」

令央はテーブルの向こうで折りたたまれ始めた紙コップを見ながら「ちょうどいい物件」とつぶやいた。

「もちろん中古です。ちょっと無理をすればなんとかなるかな、と思ったんですが。子供というのはいろいろとお金がかかるらしくて」

「それで、別れた女房の慰謝料がいちばん最初に削られる、と」

隣の席でパソコンのキーをたたいていた大学生の手が止まった。こんな男を欲していた頃の自分がどんなかたちをしていたのか思い出せない。男は「あなたにはお母さんと暮らしている家があるからいいけれど」と言った。

「母は死にました」

男の口が数秒開いたままになった。「いつ」と問われ十一月の初めと答えた。葬式らしいこともしなかったので、四十九日の法要もない。男の瞳《ひとみ》がテーブルの上でうろうろし始めた。

「そんなときにこんなお願いをして、本当にすみません。なんのお力にもなれず申し訳ない」

男が選んだ新しい生活は、別れた女に格好の悪い申し出をしなければならないほど価値があるのだった。ぷつりと送金を止めることも出来るのに会って減額を申し出る。そうかと思うと不用意な発言で令央を苛立たせる。これが男の誠意なら――不意に令央の脳裏をミオの声が過《よ》ぎった。

求婚されたと告げた際、ミオは開口一番「あんまり期待するんじゃないよ」と言って笑った。

結婚するなら子供を欲しがらない男がいい、真面目ならなおよかった。学歴も資格もないままずるずるとパートとアルバイトを繰り返す令央の生活は、甘くない綿菓子と同じだった。

　離婚を切り出されたのは、十年応募し続けた文学賞でひとつの結果も得られないでいた頃だ。夫が令央の投稿生活に口を出さなかったのは、女房が物書きで食べて行けるとは端《はな》から思っていなかったからだと、そのとき知った。そのくせ陰で絵描きを目指す専門学校生を口説いていたのだから腹の虫もおさまらない。男がなにかにつけ「年を重ねても夢に向かっているっていいことだよね」と言い出したあたりで気づけばよかった。出し忘れのゴミに似たふたりの数年を思い出して、令央はコーヒーに浮いたグロスの油に目を落とした。こんなときに頭を過ぎるのが小川乙三であったことがおかしい。

　庄司さん――

　男がすっと顔を上げた。自分の頭でなにかを考えたことが、果たしてあったのかどうか。この男も、自分も。

「主体性のなさって、どう思います？」

「どういう意味でしょうか」

　男の語尾が甘くなった。遠慮がちだった瞳が本来あった暗い光をたたえ始める。令央は遠慮なく弱いところへ言葉を投げ込んだ。夫に女がいるとわかった際の、安堵《あんど》と怒りの混じり合った感情が舞い戻った。

目の前の男は、結婚も離婚も子を持つことも、なにもかもがずるずるとしていて切れがなかった。君が小説家になるところが見たかった——すべて僕が悪いと言いながら、口先で自分の非を認めることが次の展開を楽にすることを知っている。

「あなたいつも、最後の最後は自分のせいじゃないですもんね」

男が瞳を落ち着きなく周囲に走らせたあと、切り札を放る調子で言った。

「で、小説で食べていく夢はいいかげん叶《かな》いそうなんですか？」

男の目に底意地の悪さが浮かぶ。ようやく月五万円の金をあてにしている自分に怒りが湧いてくる。令央が黙り込んだところへ、男が腰を浮かせた。

「お忙しいときに、本当にすみませんでした。こちらの状況は今申し上げたとおりです。大変申し訳ないんですが、そういうことでよろしくお願いします」

こんな男には、自尊心のかけらも見せたくなかった。令央の声はいよいよ冷たく冴《さ》えてくる。

「いくら値切って逃げきるつもりなんですか。わたしはまだなにも承知してませんけど」

周囲の視線がいくつかこちらを窺《うかが》っている。浮かした腰を戻して、男が言った。

「今までどおりは無理です。一万、とは言いません。せめて二万くらいにしていただけると助かります」

「どうしてわたしが金銭的にあなたを助けなければいけないんでしょうか」

ここで先に席を立つのは令央でなくてはいけない。そのためならば、どんなひどいことでも言えそうだ。男の目がわずかにつり上がる。冷ややかな気配を漂わせ、こちらを見ている。

「原因を作ったのは僕です。けれど小説家になりたいというあなたを支えて十年暮らしたのも事実です。支え続けられなかったことは悪いと思っています。だからこそ、この三年の間に送らせていただいたものを、ひとつの誠意と考えていただけないでしょうか。周囲に訊《き》けば、真面目に払うほうが稀《まれ》だとか。これは開き直りと受け取ってくださってけっこうです」

「立派な誠意だと思いますよ」

「柊さん、あなたのその、ひとを小馬鹿にした態度、お義母《かあ》さんによく似てきましたよね。とにかく二万円は必ず振り込みます。当分それで勘弁してください」

立ち上がり、小さく折りたたまれた紙コップを残して男が店を出て行った。周囲の視線は、今度は遠慮なく令央に注がれ始めた。

店を後にして住宅街へ出ると、襟から袖《そで》から寒さがしみ込んできた。例年より少し暖かいというのは本当だろうか。

マイナス三万円——

ただでさえ少ない生活費だった。いずれ残りの二万も振り込まれなくなることは想像できる。またこんなことが繰り返されるのかと想像すると、体の芯《しん》まで冷えてくる。貯金も出来ない暮らしから、借金をしなくてはいけない暮らしになるのだけは避けたい。いくら節約したところで、このままでは限界がくる。

ミオがよく言っていた。

――あてになるのは、自分だけなんだから。

母に似てきたと言われても不思議と悪い気はしなかった。死んでから、その生命力に気づくというのも皮肉なことだ。男の丸まった背中より今は、一見自堕落にしか見えなかったミオの一生のほうがはるかにすがすがしい。

人づきあいが苦手で、夜の街で働く器量もない自分は、さて何を売ればいいのか。令央は途方に暮れるとはこういうことかと、いつの間にか見上げている冬空に白い息を吹きかけた。

大晦日の年末オードブルの準備をする段階に入った。皿やグラスの手入れを終えて、ひょろ長い通路に什器《じゅうき》が並ぶ厨房《ちゅうぼう》に立った。毎年この時期になると、店を閉めて大量のローストビーフ、ピクルスやレバーペースト作りが始まる。オードブルのメニューは作り置きが利くものから準備を始めなくてはならない。大型冷蔵庫には食材が詰まっているし、三年目となると手順もおおかた覚えた。

今日から来ると言っていた珠子がなかなか店に下りてこない。不思議に思いオーブンの温度を設定し終えた剛に訊ねてみた。

「言うの忘れてた。あの調子じゃ無理だな。今からじゃバイトの手配もできない。正直参った」

「具合悪いって、聞いてなかったよ」

「昨日の夜に風呂《ふろ》場でよろけて足首をひねった。ひと晩我慢したけど腫《は》れがひどいんで病院行かせた。さっき戻ってきたところだ」

剛は手を休めずに次の肉の準備を始めた。

「ねんざだって。もういいかげん年なんだよな。口が達者だから気づかなかったけど」

珠子はもともとが酒屋の女将ということもあり、明るく人とのつきあいがとても上手い。令央がやってくるまでのフロアは、珠子が仕切っていた。店が軌道に乗って、令央にひととおりの仕事を教えたあとは営業中の店にはほとんど顔を出さなくなった。

「ねんざって、どのくらいひどいの」

大根をピクルス用に切りそろえていた令央の手が止まった。

「いっそ骨折のほうが治りが早いって聞いた。けど、七十になると骨もスカスカになってるらしいぞ」

「それ、重傷じゃないの」

「本人は口が裂けてもそう言わないだろうけどな」

剛は黙々と肉の塊に包丁を入れている。令央も包丁を持ち直した。いいにおいが漂っている。最近、作り置きのソースが仕上がりに近くなっているのがにおいでわかるようになった。

困っていないか、と訊ねると「なんとかする」と返ってきた。剛が店以外のことをすべて珠子に任せきりにしているのは知っている。その珠子が動けないのでは、なんとかなるわけもなかった。主体性か、とつぶやくと剛がなんだと問うてきた。令央はいったん包丁を置いた。

「掃除と洗濯、ほかにこまごまとした用足しで、一か月三万円ってどうかな。臨時の家政婦」

「三万って、どこから出した数字なんだ」

「元の亭主に慰謝料を値切られた。口約束を頼みにしちゃあいけなかった。お互い虫のいい人間だったの」

「三万カットか。いったい何で――」

「子供が出来たんだって」

数秒黙ったあと、剛がぼそりと言った。

「わかった、明日からしばらく頼む。お母ちゃんには俺から言っておく」

「助かった。ありがとう」

剛といると、気持ちの上下がなかった。だからこそその打ち明け話だ。安らげるのとは違う。あの朝マックで飲んだコーヒーの苦みがまた戻ってきた。先行きの不安よりも、今はピクルス用の大根をしっかり切ることが先決だった。

出勤時刻を一時間早めることに決めて帰宅すると、家の前がきれいに除雪されていた。隣近所の顔をひとつふたつ思い浮かべるが、礼を言う先がわからない。夜中に帰宅してから除雪するのも億劫《おっくう》だったので、ありがたく鍵《かぎ》を開けた。

暖房を入れて、パソコンを起動させた。迷惑メールを削除すると、いちばん上に小川乙三からのメールがある。令央は返信をクリックして件名を書き換えた。

柊令央です——

小川乙三様

お世話になっております、柊です。先日はお忙しいなかありがとうございました。あれから「主体性」という言葉について考えることがたびたび。小川さんの仰《おっしゃ》るとおりかもしれません。それはたぶんいろいろな場面で不意に浮上してくるものなのでしょう。巡り巡って、どこで鉢合わせをするのかわからない不思議なものでもあるようです。自覚するしないで、ずいぶんと違う結果を連れて来そう。難しいです。

せっかく小川さんに激励いただいたというのに、小説原稿にはまだ取りかかれておりません。あれこれと考えるも、どんどん一行目から遠ざかってゆくような感じです。

ご期待に添えぬまま年を越してしまいそうで、心苦しいです。

お忙しいことと思います。どうかお体大切にしてください。　柊拝

近況を報告するような仲でもなかった。メールを書いても輪郭がぼやけた曖昧《あいまい》な表現になっている。二度読み返してみたが、乙三に訊ねたいことも話したいことも、うまく書けている気はしなかった。

重い指先で送信したあとは怠《だる》さが襲ってくる。本人に会ったときの屈辱感もここ数日のうちに楽しい記憶に変化していた。乙三の存在感が日に日に膨らんでゆくなか、彼女が実在しているのかどうか疑う自分もいる。書いていないという報告をするくらいなら、一行でも書いたらいい。乙三ならばきっとそう言うだろう。

業界で働く人間の年末がどのくらい忙しいのか想像もつかなかった。オイルヒーターの目盛りをほんの少し下げ、こたつの温度を上げる。このまま眠ってしまったら朝には干からびているかもしれない。

「味見」と称して口に入れたレバーペーストサンドイッチが喉《のど》まで戻ってくる。明日

は一時間早く家を出るのだった。歯を磨こうと立ち上がりかけたとき、携帯が震えだした。庄司ではないか、と身構えて発信者の名前をのぞき込んだ。小川乙三だ。

「こんばんは、遅くにすみません。いま会社でメールを受け取ったものですから」

「この時間までお仕事ですか」

「一本入らない原稿があって、待ってるんです。柊さんもお仕事ですか。ずいぶん遅いんですね」

「年末オードブルの準備です。三が日はお休みです」

電話の向こうでカサカサと紙の音がする。令央と話しながら、手元の仕事もしている気配だ。柊さん、と乙三が言った。

「忙しいことは、書かない理由にはなりませんから」

理由はみんな後付けなのだ。乙三は会ったときよりずっと抑揚のない声で言った。

「なにを書けばいいのかがわからないなんていうのも、理由にはなりません」

「そうですね」

「ここで相づちを打っても、誰も褒めてはくれません」

「ええ」

「このとおり人間、余裕がなくなると自分よりも弱い立場にあるひとを言葉で傷つけたくなるんです。柊さんの自信なさそうな態度は、無理しながらやってる人間の格好のツマミなんですよ」

乙三は「柊さんは、まだなんにも無理をしていません」と硬く言い放った。

「先日お目にかかった際に、この秋お母様が亡くなったと仰ってましたよね」

あまり気持ちの上下がないことが自分でも不思議だと告げた。

「母が死んで、やっと書けるようになったこともいっぱいあるはずなんです。このあいだ、『砂上』を書いてみろと言われたときに思い出したのが母の遺した母子手帳でした」

「それって柊さんがお生まれになったときの、母子手帳ですか」

「わたしを妊娠していたあいだ、母はものすごい体重が増えてるんですよ」

「どのくらいですか」

「四十八キロから八十八キロです」

乙三は「いいじゃないですか」と言った。

「柊さん、やっぱりこの題材で一度書かれたほうがいいと思いますよ。本当の嘘を吐《つ》くのは、案外楽しいものじゃないかと思っているんですけど、どうでしょうかね」

本当の嘘、と口にして語尾がぼやけた。こたつの目盛りを少し下げる。綿入れ袢纏を着た腋《わき》が暑くもないのに汗で湿った。

「本気で吐いた嘘は、案外化けるんです。嘘ということにして書かないといけない現実がありますから。『砂上』にはそれが匂ったんです。亡くなったのなら、もういいんじゃないですか。母子手帳というのはいい小道具です。妊娠で四十キロ増える女の話、読んでみたいですね」

　吐きそうな数字の羅列が物語を掘る手がかりになると言われ、なるほどと電話を持つ手を替えた。ただ、と乙三はいくぶん声を低くして言った。

「視点は娘ひとつに定めなくてはいけません。母親の生き方、来し方を書けば小説にはなります。けれど、問題はその切り口です」

「切り口ですか」

「母親の生き方を否定せずに、まっすぐ書いてみてはどうですか。手持ちの材料と断片的な記憶をまぶした嘘ですよ。身内の話ってフィクションじゃないと伝わりにくいんです。客観的になれないから」

　いまの令央が、ミオの生き方を否定せずに書く――

　書いてみようという意気込みが暗礁に乗り上げる。正直に告げた。

「持ち上げるつもりはないんですが、否定するというのも、なんだか違うんです」

「どういう意味でしょうか」

「おかしな反省文になりそうで」

　乙三は「だから虚構にするんですよ」と言った。

「大嘘を吐くには真実と細かな現実が必要なんです。書き手が傷つきもしない物語が読まれたためしはありません」

乙三はそこまで言ってひといき吐くと「読んでみたいですね、『砂上』」と続けた。

「どうして、そんなに」

励ましてくれるのか、という問いは、乙三の「書けたらいいですね」という突き放したひとことでつるりと喉の奥へと戻っていった。

書けばひとりは読んでくれる人がいる。ひとりしかいない。令央はこたつ布団の模様を追っていた視線を壁まで上げた。

――ひとり、いる。

「がんばってみます」

ちょうどいま、原稿が入ったところだと彼女が言った。午前一時を過ぎていた。

「では年明けにまた」電話が切れた。

屋根から雪が滑り落ちた。どさりという音は、いつもひとが一人落ちてくるところを想像させた。乙三の「肯定するんですよ」という言葉が耳の奥で繰り返し響く。令央はぼんやりと壁を見た。遺品を整理するように一枚一枚ミオを剝《は》がしてゆけば、自分たちの本当と嘘を書き上げることができるだろうか。

母の生き方を肯定するということは、自分のいまを否定することにはならないか。

否定？　いったい誰が。柊令央の生き方など、誰も見向きもしない。一瞬、自分が時間に転がる管になった。ただの管、ただの筒だから何も考えないし何も生まない。

凝り固まった首をくるりと回した。油ぎれに似たいやな音がする。

令央が美利を産んだという事実を、母はあの世へと持って行った。ふたりで吐いた大嘘がひとつ完結した。

令央の脳裏に、浜松《はままつ》の空が広がる。夏の熱をまだ少し残した、十月の青黒い空だ。目を瞑《つむ》ると空の下に砂丘が現れた。波が陽光を撥《は》ね返し、光る。十六歳の令央が砂丘を歩く。産まれるのもここ数日だろうという日、ミオと歩いた砂丘だった。腹はただ重たく、毎日尾てい骨が痛かった。産むと言った自分の口を、半分呪いながら砂丘を見に行った日だ。

近そうに見えて、波打ち際までは五百メートルはあるという。

——往復一キロ、歩いてみる？

——いい、怠いし。

——怠いとか面倒とか言ってたって、その日は来るんだよね。

ミオが笑いながら言う。数時間後か数日後かわからぬ刻《とき》に対する恐怖を、砂丘の砂が吸い取っていった。腹の中の子にいつ愛情が芽生えるのかと待ったが、いざ目前となっても期待した感情は湧いてこなかった。

令央の気持ちを見透かすようにミオが言った。

──いいんだよ、お前はお前の思ったことがすべてで。いつか、小説にでも書けばいいじゃないか。

──知ってたの？

──だってお前、あんなに作文が大好きだったじゃない。

自分と娘の物語を書きたかったのは、ミオではなかったか。

携帯画面に美利とのＬＩＮＥを表示する。

美利とふたりで涙も流さずミオの死に顔を見た日へと記憶が滑り込んでゆく。

「ママも、死んじゃう人だったんだ」と美利が言った。

彼女のひとことも、命の仕舞いが事務手続きで終わることも、なにやらすべてが可笑しかった。母のむくんだ死に顔を見て、令央はなにひとつ始まっても終わってもいないような気がして黙り込んだ。

パソコン画面をＷｏｒｄに切り替えた。ひとつ深呼吸をする。嘘が真実の色を帯びるまで、書いてみたかった。ファイルに「砂上」と名付けた際、令央の背にすっと何かが触れた気がした。振り向くが、なにもない。

令央はゆっくりと息を吐き、一行目を打ち込んだ。

お母さん、わたしたちは嘘でした——

静かな夜だった。

## 3

翌朝九時、剛は既に店に下りてオードブルの準備を始めていた。

「洗濯機は回せるのよ」と明るい調子で珠子が言った。令央が仕事前の一時間を志水家の家事に充てることは聞いていたという。

「ありがたいわ。年末だっていうのに、ごめんなさいね。洗濯機は回せるんだけど、干すのが大変だったの。あと、階段が難儀なものだから買い物もしばらく無理みたい。食べるものはなんとかなるんだけど」

珠子の長袖《そで》Tシャツや下着に紛れて、剛のものもある。令央が二階を訪ねたときには既に洗濯物は干すだけになっていた。もともと家事を溜《た》めるほうではないらしい。表通りに面した室内にはテレビと三人掛けのソファーとテーブル、ストーブがあり、残りの空間は通路だ。

奥に向かって珠子の寝室、剛の部屋の順に並ぶ間取りには、店舗優先の建物ゆえか欲しいところに窓がない。珠子は病院から借りてきたという杖《つえ》を使って、畳んだ洗濯物を寝室に置いて戻ると、朝だけほんの少し日だまりのできるソファーに腰を下ろした。

令央はストーブ近くの天井に下げた放射状物干しに洗濯物を干す。

「令央ちゃん、朝ご飯はちゃんと食べているの」

「わたし、朝はトーストとコーヒーくらいしか入らないんですよね」

「ヨーグルトも足すといいんじゃないかしらねぇ」

「そうですよね、そろそろ体のこと考えなきゃ」

珠子は大きく頷《うなず》き「このとおり、骨って大事よ」と眉《まゆ》を寄せて言った。柔軟剤はフローラルらしい。剛が体にぴったりする赤いボクサーパンツを愛用していると知って、笑いそうになるのをこらえる。干し終わり、珠子に掃除機の場所を訊《たず》ねた。

「掃除機は三日に一度で充分。オードブルが気になって仕方ないんだけど、こんなんじゃ却《かえ》って足手まといだから」

「押しかけに加えて、家政婦代も請求してるんで、何でも命令してくださいよ」

「明け方に戻ってきて、剛が言ってた。令央ちゃんらしいって」

珠子は真っ白い短髪を陽に光らせて、日だまりのなかで笑った。口調からすると、それほど迷惑な話でもなかったようだ。珠子は黒いレッグウォーマーの上から、包帯で膨れあがった足首を撫《な》でた。

「この時期にこんなことになっちゃって、申し訳ないね」

「痛いときは、甘えていいと思います」

令央は台所の洗い桶《おけ》にある皿とカップを洗い始めた。食器には、茶渋のひとつもついていない。シェフを育て上げた彼女の生活が見えるようだ。令央ちゃん、と背中から珠子の声がする。食器を拭《ふ》きながら振り向いた。

「足りない物があったらメモしておくから、息抜きしたいときにでもスーパーに行ってきて」

息抜きとは珠子らしい言葉だった。令央は「はぁい」と応《こた》え、時計を見た。話しているあいだも手を動かしていたつもりだったが、あっという間に二十分経っている。掃除は本当にいいのかと問うた。年内は大丈夫だと珠子が言った。

「冬場で良かった。夏だとお風呂《ふろ》に入るのもひと苦労。もっとも風呂場で転《こ》けるなんて、自分でもまさかと思ったけど。でもひと晩寝たら、頭を打ったり歯が折れたりするより良かったなって思えたの」

珠子は令央が働き始めたころと少しも変わっていない。彼女はよく、なんでも良いほうに解釈するのは自分のためだと言った。

中学校卒業までの半年間、珠子とミオはＰＴＡの後期学級役員をしていた。クラス行事や謝恩会も、現場で細かく動くのは珠子とミオのふたりだったと聞いた。ミオの押しと珠子の統率力で乗り切ったことは想像がつく。

湿布を替えるというので、ソファー前の床に膝《ひざ》をついた。黒いレッグウォーマーを外し、毛糸の靴下を脱がす。ひび割れかけた足の指が現れた。すまないねぇと遠慮する珠子に笑いかけながら、幅広のストレッチ包帯を巻き取ってゆく。固定から解放されてゆく足首は、くるぶしか足首かわからぬほどに腫《は》れていた。

「これは痛いでしょう」

「痛い痒《かゆ》いは生きてる証拠だから。まぁ、痒くはないわね」答えも珠子流だ。

湿布を二枚貼ってもまだ覆いきれないほどの腫れだったが、珠子は顔を歪《ゆが》めることもなく令央の手に任せている。

「おばさん、痛いときは痛いって言ってね」

「多少ね」

「入院しろって言われなかったの？」

「ねんざしただけの婆《ばあ》さんを入院させるほど、病院のベッドには余裕がないみたい。でもこの年になると、入院って聞いただけで病名が増えそうで嫌じゃない。そのせいでオードブル作りも手伝えないし、令央ちゃんにも面倒かけちゃうんだけどね」

愛想のない息子は母の怪我に冷たいのではないかと思い、剛はなんと言っているのか訊ねてみた。珠子は少し声を潜めて言った。

「怒られるかと思ったんだけど、すごく悲しそうな顔をしたの」

珠子は、そのとき初めて自分がずいぶん年を取ったことを自覚したのだという。

「姥捨山《うばすてやま》に母親を連れて行く息子の顔って、きっとあんな感じだと思うの」

令央の顔をのぞき込んで、珠子は「やだ、本気にしちゃあ駄目」と記憶のなかでも最も高い声で笑った。

「でもね、いくら息子でも、男をあてにしちゃいけないのよね。なんだかミオさんの言葉を思い出しちゃった」

「母が、そんなこと言ってましたか」

ときに傲慢《ごうまん》なほど威圧的に振る舞う母は疎まれる場面も多かったはずだが、珠子はミオについては悪い思い出がひとつもないという。看護師のようにはうまくいかないが、なんとか見られるくらいに包帯を巻き終えた。

「年内にもう一度診てもらいに行くの。階段の上り下りのときだけ、お願いするわ。あとはタクシーで大丈夫」

駅から歩いて十五分圏内に、市立病院やそこから独立開業した医院が揃う街だった。背の高いビルはほとんどない。「衛星都市の商売は規模を間違うと痛手が大きい」と剛が言う。たしかに繁華街から外れた駅前のビストロが生き残るには、規模を間違わぬことが大切だろう。

営業時間は十一時から十四時、十七時から二十二時——大半が予約客なので、一組で終了という日もある。

上着を羽織り、手提げバッグを持った令央に、日だまりの中の珠子が言った。

「令央ちゃん、失礼なことを訊《き》くけれども、生活のほうはちゃんと出来てるの」

大丈夫、と即答できなかった。ゆらゆらと生きてきたつけが回ってきたとしか言えない現在を、うまく説明もできない。生活は、出来ているというより何とかしのいでいるというのが本当のところだ。

絨毯《じゅうたん》の一部分だけすり減ったところは、この家に長く飼われていた猫の居場所だった。猫にあわせてゆるやかな時間を過ごしていた志水家は、この十年のあいだに剛の父、愛猫の順で天に召されている。どんどん命が少なくなってゆく。

「なんとか、いまのところは。今回も二階のお手伝いするからってシェフに頼み込んだんです。だから、なんでも言いつけてください」

珠子から遠慮がちなため息がひとつこぼれ落ちた。暮らしてゆく自信はないし、ましてや剛や珠子に面倒をかけるくらいならば店を辞めたほうがいいのは承知している。主体性のない日々にも、経済的に向き合わねばならない問題は山積みだ。

「最近、うちの母の駄目なところばかり似てきた気がするんです」

「ミオさんの、どこが駄目だったの」

「無駄に楽天的なところかな」そこだけ妙にさらりと言葉が滑り出る。

珠子は唇を笑顔のかたちに持ち上げて、首を左右に振った。

「娘に良く言われる母親なんてろくなもんじゃないだろうけれども、ミオさんは立派な女だったと思うのよ。しっかりきっちり自分の落とし前をつけて生きた人よ」

年の暮れとは思えない静かな時間が珠子を取り巻いていた。階下では剛が狭い厨房《ちゅうぼう》で鍋《なべ》と格闘している。

「誰も真似のできない生き方が尊いんだって、この年になると改めてわかるの。彼女は、いい母親だったと思う」

だって――珠子はそこだけ妙にゆっくりとした口調で言った。

「令央ちゃんに、ちゃんと女の生き方を教えていったもの」

「ありがとうございます」

ちいさく頭を下げた。そろそろ店に下りなければ。

「無理して動かないでくださいね。お昼と晩ご飯は、わたしが届けます。なにかあったら、わたしの携帯を鳴らしてください。シェフはたぶん出られないと思うから」

笑顔を作って気持ちを変えた。店へゆく準備は整った。畳一畳ぶんの玄関には、珠子のつっかけサンダルしか出ていない。居間には剛のものがほとんどなかった。日の当たらない奥の部屋に、私物の一切を詰め込んでいるらしい。志水家のふたりは他人との距離を測りながら、人に傷つけられることも人を傷つけることもない静かな暮らしをしている。

外階段を下りた。両脇に圧雪と氷が重なった階段では、手すりがあっても危険だった。ねんざした珠子を安全にタクシーに乗せるのは、思ったよりも難しそうだ。休憩時間に階段の氷を割ろう。令央は壁に吹き付ける北からの風に圧《お》されながら、ミオが自分に教えた女の生き方とはいったい何だろうと考えた。

年末オードブル三十箱は予約開始と同時に完売し、今年も無事に渡し終えた。既製の品を一切入れないというこだわりが広まったせいか固定客もつき、予約の倍近く問い合わせがある。店は少しずつ、志水剛が目指したものへと成長しつつあった。

三十一日午後、最後のオードブルを取りに来たのは中学生と高校生の子供がいる四十代後半の夫婦だった。子供たちはふたりとも受験勉強のまっ最中で「風邪をひかせたら大変」と妻が笑った。

「どっちも受かって欲しいし。今年はちょっと奮発して、四人でオードブルを囲もうってことになったの。これを食べながらテレビを観るときだけ、みんな一斉に休もうって。今年だけはどっちの実家も無理に来いとは言わなかったんです。四人だけで迎える初めてのお正月なの。わたしずっと、家族だけでここのオードブルを食べてみたかったんです」

「ありがとうございます。みなさまよい年になりますよう、祈っております」

深々と頭を下げると、夫が厨房の剛に視線を移し言った。

「子供たちがふたりとも無事に春を迎えたら、こっそり夫婦で来ます」

普段はほとんど厨房から出てこない剛が、フロアにやってきて頭を下げた。

「お待ちしております。よい春になりますように、わたしも祈っています」

夫妻が去った店の前を、除雪車が横切ってゆく。駅に帰省の家族を迎えにやってきた自家用車も、そろそろ落ち着き始めている。静かな大晦日《おおみそか》だ。除夜の鐘が鳴るころにはまた、二百メートル先の神社に人が集まってくる。開業したての頃は夜中の参拝客を見込んで軽食とホットドリンクの販売をしていたというが、珠子の「年末年始は休むものです」というひとことでやめた。

終わると同時に始まる一年の、どれもが替えのきかない一日であることをここ二日間は忘れそうだった。令央は両腕を天井に向かって伸ばした。腰が油ぎれを起こし、みしみしと音を立てる。

珠子のねんざは初回受診時と変わらず、昨日もやはり最低十日は安静という診断が出た。さて、と剛が厨房に戻った。

「年取り用に、残りものを適当に詰めておくから。片付けが終わったら二階に持ってってくれないか」

「わかった」短く返して、レジの入金分を売り上げ用のポーチに移す。

フロアの清掃と窓拭きを終えると、駅前にはほとんど人がいなくなった。厨房もおおかた落ち着いたようだ。カウンターに、自宅用の皿と、スライスされたフランスパン、フォカッチャが詰められたプラスチックケースが置かれていた。持って行くのはこれだけでいいのかと問うと、剛が「年寄りと俺じゃ、そんなに食えねぇよ」とぶっきらぼうに答えた。

階段は、令央が氷を割ったあとは剛が気にかけてくれている。臨時家政婦を申し出たものの、掃除も洗濯も炊事も、思ったほどの量ではない。ほんの少し肩身の狭い思いを抱えながらの訪問も、話し相手を得て嬉《うれ》しそうにしている珠子を見ると心が晴れてくる。

街にちらちらと細かな雪が舞い始めた。札幌方面の空が明るい。北海道神宮《ほっかいどうじんぐう》の参拝に合わせた初詣《はつもうで》臨時列車が出る時間帯になれば、駅前もまた賑《にぎ》やかになるだろう。

二階の玄関ドアを開けるといいにおいがして、思わず大きく息を吸い込んだ。「美味しい」と「懐かしい」という意識が鼻のあたりで蘇《よみがえ》るのに、すぐにはなんのにおいなのか分からなかった。二、三秒嗅《か》ぎ続けてやっと「玉子焼き」だったことを思い出し、令央は慌てて部屋へと入った。

「令央ちゃん、お疲れさま」

珠子が台所に立ち、玉子を焼いていた。

「立ち仕事はわたしがやります」

「これは、わたしじゃないと駄目なのよ」

珠子は笑いながらフライパンの上の玉子を太らせてゆく。手つきも見事だが、出汁とごま油の香りに深呼吸したくなる。毎日洋食のにおいばかり嗅いでいるので妙に新鮮だ。令央はオードブルを居間のテーブルに置き、急いで玉子の殻をゴミ袋へ移した。

珠子は「よっ」と言いながら見事に巻いた厚焼きを皿にのせて満足そうだ。

「これで無事年取りが出来そう。令央ちゃん、テーブルに持って行ってくれるかな」

焼いたばかりのごろりとした厚焼き玉子が愛想もなく三本皿に並んでいた。珠子はさっとフライパンをラックに掛け、杖をついてソファーに戻った。

「今年は三人で紅白を観ましょう。お店の残りものでの年越しはいつものことなんだけど、うちはラストにわたしが玉子を焼くことになっているの」

「喪中のわたしがご一緒すると、盛り下がりませんか」

「うちの年末年始は、静かなもん。あの子はさっさと寝てしまうか、ふらふらパチンコ屋に行くかだし」

剛がパチンコ屋に行くというのは初耳だった。よく行くんですかと問うと「たまにね」と返ってきた。

「だから、今年は令央ちゃんも食べてってよ」

「点検漏れが気になるので、ちょっと見てきます」

即答を避けて階下に下りた。ちょうど剛が厨房の点検を終え、冷蔵庫のレバーにしめ縄を掛けたところだった。令央はトイレの清掃にぬかりはないか確かめたあと、レジ下の棚に入れておいたバッグを引きずり出した。ブラインドを下ろした剛が店の鍵《かぎ》を持って入口ドアの前に立っている。令央は今年もやっぱりぎこちなく頭を下げた。

「今年も一年、ありがとうございました」

「うん、助かった」

これ、と差し出された茶封筒を受け取る。封筒の表に、レタリングに似た癖のある数字で「140,000」とある。一の位から数えてゆく。十四万円——

「ちょっと多いんじゃないの」上目遣いになる。

「臨時家政婦代、前払いね」

ここ数日の疲労がみんな顔に集まっている。ただでさえ神経質そうな頬が削《そ》げて、目もくぼんでいた。

「ちゃんと儲《もう》けは出てるの？」

「お前の心配することじゃないだろう」

珠子から年取りに誘われたことを告げると、剛は意外そうな顔も見せずに頷いた。

「どうせ家に帰ってもひとりで飯食うんだろう。美利ちゃんは夜通し仕事だろうし」

「うん」

「大晦日ったって、おふくろはあんな調子だし。俺が座れば恩着せがましく動きたがるし、正直鬱陶《うっとう》しいの。店の残りものが嫌じゃなければ、食っていけよ」

「おばさん、玉子焼きたくさん作ってたよ」

「三十一日は、店のオードブルに入らないものが食いたくなるんだ」

「誰が」と問うと「俺」と素っ気なく返ってくる。剛が冷えたシャンパンとワインを持った。店の戸締まりを終えて二階に上がると、待ちかねた様子の珠子が杖をついて玄関先にやってきた。

「おつかれさま、ふたりとも、なに飲む？」

「そっちは俺が用意してあるから、あなたは座ってて」

「あいにく手と口はますます元気なの」

剛は「あ、そう」と言って母親の横をすり抜け、死んだ愛猫が作った絨毯のすり切れに腰を下ろした。ゴールドと深緑のラベルがついたシャンパンは、店でいちばん人気のものだった。辛口の、肉も魚も野菜も嫌わない味だ。そのほかに、赤と白を一本ずつ。これはアルゼンチンの「PASCUAL TOSO」だ。

酒に関しては珠子が目を光らせているので、保管の悪い業者からは入らない。ただ、そのぶん仕入れ値も高いという。珠子と剛の理想は「飲み放題のない店」で、辛抱強く続けていた甲斐《かい》あって最近は客のほうから酒の銘柄と予算を提示してくるようになった。ほぼ原価で酒を出してようやく料理が売れるのだった。

地道な営業はこの親子の生き方そのものだろう。令央が志水家のふたりと一緒にいて居心地良い理由は、ひとえにこの「いちいち言語化しない」日常にある。

「泡、先に開けるから」

剛がジーンズのポケットからソムリエナイフを取り出した。令央は珠子の指示でラックからそれぞれの酒に合ったグラスを取り出してテーブルに並べた。酒瓶とグラス、洋食オードブルにフランスパン、フォカッチャ。令央は珠子の正面に正座した。ストーブの近くに座る剛からも同じくらい離れている。足は崩してねと珠子が言い、カーペットがすり切れているからと、ソファーの上にあった花柄のクッションをテーブル下にくぐらせた。礼を言って、素直に尻《しり》の下に入れる。体に積もった節々の怠《だる》さを、クッションが吸い取ってくれる。取り皿と箸《はし》が足りていることを確認して、剛が注ぎ入れるシャンパンの泡を見た。

紅白が始まった。緊張した面々が並んでいる。剛が「飲むぞ」とつぶやいた。珠子が「うちはいつもこうなの」と画面を観ながら、剛に一杯だけと釘《くぎ》を刺されたシャンパングラスを傾けた。

「ああ、ここのはやっぱり美味しいねぇ。一杯だけだなんてひどい息子」

「痛み止め飲みながら、酒はないだろう」

「腫れは半分おさまってるの。このぶんなら、医者が言うより早く歩けそう」

珠子の取り皿にはローストビーフやシーザーサラダ、生ハムのマリネがのっている。剛は手酌をしながらときどき令央のグラスにもシャンパンを注ぎ入れた。ふたりのやり取りが、耳に滑り込んでは流れてゆく。去年の年越しは、なにをやっていたのだったか。

するりと脳裏に、ミオとのひとときが流れて消えた。年末も年始も変わりなく過ぎてゆく暮らしに、日がな一日テレビを観ながら過ごすミオが蘇る。

——テレビ、そんなに面白い？

——入れ替わり立ち替わり、いろんな人が勝手に話してて楽ちん。あたしはこのひとたちに何にも気を遣わなくていいもん。

ふたりのあいだでは、ありふれた時間だった。薄く平たい感情の余白に、ときどきこうしてミオと交わした何気ない会話が滑り込んでくるようになった。まずは元気でいたころの母から順に思いだしてゆくのだとしたら、ミオが死んだ日にたどり着いたとき、どんな感情に包まれるんだろう。静かにやりすごしたい気持ちが、大晦日は店のオードブルに入らないものが食べたくなるという剛の言葉に重なり、すれ違う。

「あら、郷《ごう》ひろみ」と珠子が高い声を出す。玉子焼きを口に入れた剛が顔を上げた。

令央の視線もテレビに移る。何十年も前のヒット曲でトップを飾る歌手の笑みには曇りがない。

においに誘われて、箸を伸ばした。さっきはなにも考えずにテーブルに置いたが、残った二本の厚焼き玉子の前で箸が止まる。

「遠慮するな、持ってけよ」剛が令央の皿にまるごと一本のせた。

「大きすぎないかな」

「いいのいいの」と珠子が陽気に手を振る。

「うちはこの大きさのまま食べるの。もう、何十年も同じなの。恵方巻きみたいなもんなのよ」

「俺の高校んときの弁当は、これとにぎりめしふたつだった」

すべてアルミホイルで包んであるので、箸が要らず便利だったという。珠子が追いかけるように「あのころはおかず詰めてる時間なんてなかったのよ」と笑った。

海沿いの生まれという珠子の味付けは甘く、ごま油と使い込んだフライパンの香りが残っていた。三人が三人とも、続かない会話の谷間に紅白の映像を挟み込む。歌の合間に、珠子はぽつぽつとふたりが小中学校に通っていたころの話をする。母親が楽しげに幼少の思い出を語るときの息子は、にこりともしない。

「熱を出して夜中に救急病院に走ったことまで、今になっちゃうと面白くてねえ。子供は五歳までに親孝行のすべてを終えるっていうのは、本当だったかもしれない。このひとは今もそこそこ面白いけど、なんだかあの頃にはとても敵わないような気がする。きっとどこの親もそうね」

紅《あか》組の勝利で紅白の幕が閉じた。感極まった司会者の、潤んだ瞳《ひとみ》がアップになる。ミオの死んだ年が終わる。年をまたぐだけで、生きていたことも死んだこともすべてが過去になってゆく。シャンパンが空いて、剛の酒は白ワインに変わっていた。小声で、皿は明日の朝洗いにくると告げる。

「このくらいの皿、俺が洗っておく」白ワインを注ぎながら剛が言う。

令央はクッションを脇に寄せた。

「珠子おばさん、今年も一年ありがとうございました。年が明けてもお年始のご挨拶《あいさつ》ができないので、わたしはここでお暇《いとま》します。ごちそうさまでした」

おめでとうと言い合えない自分が、ここにいてはいけない。珠子も「疲れたでしょう」と微笑んでいる。帰ります、と頭を下げた。

「お前、令央ちゃんを送って行ってちょうだい」

「いつもの道だろうよ」

「帰りに神社に寄って御守りと破魔矢を買って、わたしの分のおみくじを引いてきて」

珠子は自分の左脚を指さしてそう言うと「お参りもね」と付け加えた。テレビから除夜の鐘が響いてくる。

「わかった」剛が料理を手際よく小ぶりのプラスチックケースに詰め始めた。見栄えよく並べると、それをクラフトの紙袋に入れ「夜食」と言って令央に手渡した。

「先に寝てたらごめん。鍵持って出てね」珠子がふくふくとした手のひらを軽く振った。

令央は「来年もよろしくお願いします」と挨拶をして、バッグと紙袋を持って玄関に出た。剛がカーキ色のダウンジャケットに袖を通しながら出てくる。疲れきった体に酒を入れたせいか、目のあたりが赤黒かった。

雪は降っていない。晴れ渡った夜空に地上の熱がすべて奪われ、耳まで凍りそうだ。駅前を、神社に向かう二人連れが歩いていた。剛と令央は神社とは反対方向の、国道へ出る枝道を行く。道の両脇にうずたかく積まれた雪は、人の背丈をはるかに超えていた。

どうやら本当に家の前まで送るつもりらしい。仕事が終わると特別話すこともなかった。振り返ればここ数日は、オードブル作りで忙殺されたことしか話題がないのだった。結局黙って歩くしかなく、白い息を長く吐いた。

一区画先に、ひときわ明るいオレンジ色の街灯が見えた。電柱の高いところに取り付けられ、ゴミステーションを照らしている。夜中に車でやってきては分別しないゴミを置いてゆく人間を脅しているのだ。「あ、これ」と言って剛がダウンジャケットのポケットから手のひら大の塊を差し出した。令央は立ち止まって、その手にあるころりとした塊を見た。

「トラジャ、挽《ひ》いておいた」

「ありがとう」受け取ったあと、いつ挽いたのかと訊ねた。剛は答えずまた歩き出す。令央も倣う。歩調を合わせてくれているのだとそのとき初めて気づいた。いつもなら家々の窓明かりの少ない時間帯だが、今日だけはカーテンの色がわかる。

体は疲れているのだが、高揚していた。社交的な珠子と話す時間があったおかげで、深く自分に潜り込まずに済んでいた。何気ない話を聞いているだけのようだが、珠子の話術は人の心を楽にする。考えてみると、彼女は嫌な気持ちになる話というのをしないのだった。令央は家の前で立ち止まり、剛に言った。

「トラジャ淹《い》れるから、飲んでって」

「家ん中どうせ寒いんだろう、いいよ」

「誰かがいれば豪勢に暖房入れられるの。寄ってってよ」

珍しく剛が笑った。令央にとっては偽りのないところだった。自分のために家を暖めることができない。剛をこたつに追いやってオイルヒーターの目盛りを最大にしたあと台所に立った。トラジャのいい匂いが湯気と一緒に広がってゆく。ほろ酔いが醒《さ》めかけて、いっそう体が重たかった。古い壁やこたつ布団からは埃《ほこり》のにおいが立ち上ってくる。ミオのいない家に、ミオのにおいが舞い戻ってくる。

「今年もよろしくお願いします」

差し出したマグカップを引き寄せて剛が「こちらこそ」と応え、こたつの上に置いてあるノートパソコンを指さした。

「お前、まだ書いてんの」

「書き始めたばっかりだよ」

「長いって、どのくらいなわけ」

「原稿用紙、三百枚くらい」

「想像つかない。オーブンがぶっ壊れるくらいローストビーフを焼く感じか」

くぼんだ目を天井に向けた剛が首を左右に振り、ぽきぽきと骨の音を響かせた。

「オーブンが壊れたらお店開けられない。わたしの場合は駄目が前提だからさ」

「たしかにお前がなにかを怖がってるのを、見たことないわな」

「怖いこと、あるよ。明日の暮らしを考えない性分のせいで、妹に生活力のなさを笑われてもなにひとつ言い返せない。人と会うことも怖いし、人に試されることも苦手。美利が恐ろしく現実的なのは、わたしみたいなふわふわを見て育ったからだよ」

剛を真似て首を左右に倒してみたが、うまく音を鳴らせない。

「美利ちゃんは元気なのか」

「あんまり会わない。あの子は母親のこともわたしのことも、この家に生まれたことも気に入らないの。別れた男から金をもらっていることがわかったとき、プライドのない女って言われた。彼女は誰にも頼らずちゃんと自活できてるだけ偉いと思うよ」

美利を産んだことも、遠いできごとだった。

「それより、おばさんから剛がパチンコに行ってる話、聞いちゃった」

「相変わらず余計なこと言うよな」

「けっこう行くの？」

「もうやめた。金が戻ってくると見せかけて巻き上げるんだ。時間の無駄だ」

どのくらい負けたのかと訊ねると、さほどでもないと答える。何がきっかけで始めてどうしてやめたのか、冷やかすつもりで「女がらみ」と訊いてみた。

沈黙のあと剛は忌々しそうにぐらりと首を振った。図星とは困ったことになった。

「やるねえ」冷えかけのコーヒーが苦い。剛が脚を崩して「三か月だよ」と言った。

聞けば、決して女にまめとは言いがたい志水剛と三か月保《も》ったのは、ドラッグストアで働いている女だった。白衣姿でレジ打ちをしているという。洗濯物のなかにあった赤いボクサーパンツを思い出した。

「そんなことがあったとは、気づかなかったなあ」

「気づかれるようなこと、しないし」

「店に来たことあったっけ」

「客とはそういうふうにならない」

「なんか、寒さも吹き飛んじゃいそうな話だね」

オールスタンディングのライブハウスで知り合ったのだという。「パチンコ屋で待ち合わせよう」と言い出したのは女で、週に一度の約束は減りも増えもしなかった。住む場所も教えようとしないのでおかしいと思っていたら、関係を持ってから三か月経ったある日、待ち合わせに使っていたパチンコ屋の隣の席に亭主が座った。

「いつもの女とはどんなあんばいだって訊かれたんで、なんだか嫌なやつだなぁと思ったけど、確変中だったんでまぁまぁって返したんだ。そしたらいきなり、積んでた玉をフロアにまき散らしやがった。ひどい話だよ」

「スリル、スピード、サスペンスだねぇ。それって本当に亭主だったの」

「たぶん。見かけはごくごく普通のサラリーマン。下着もガーターベルトも豹《ひょう》柄の女の亭主とは思えないくらいの普通さ。そんで、怒らせたら怖いタイプ」

二度と会わないことを約束して、本当に会わなくなったのだと剛が笑う。

「こっちも、そんなことで腕とか折られたらたまんないからさ」

「じゃあ、女が亭主に問い詰められて待ち合わせ場所を教えたってこと？　白衣の下は豹柄かあ。やるなあ」

「遊びの人選、向こうは間違ってなかったよ」

悟りきった口調で言われると、なるほどそうかもしれないと思えてくる。剛には剛の日々がある。テレビのスイッチを入れた。若い女が体より大きなギターを抱えて歌っている。どこから出ているのかわからないくらい高い声だ。

「それでお前、その三百枚を書いたらどうすんの」

「このあいだ会った編集者に渡す」

「晴れて作家デビューってわけ」

「そんなうまい話はどこ探したってない。長いものを書いたこともないし、書けるかどうかもわかんない。応募原稿を書いていたときのほうが、おかしな自信あったかもしれない」

なりふり構っていられる年齢ではないことははっきりした。主体性のなさが見せる現実はただ恥ずかしく、隠そうとすればするほど露見する。今は、どこまでも残酷に自分を弄《もてあそ》ぶ覚悟が欲しい。それでもさ、と続けた。

「書けば、ひとりでも読んでくれるっていう人が現れたんだよね」

「その人のために書くの？」

首を横に振った。

「なんだか、自分のためじゃないと出来ない気もしてきた。主体性ですかね」

「好きなことするのに、いちいち主体性なんてことわり入れる必要あるのかねぇ」

「それがないから、珠子おばさんにふたり揃って家を出されたんじゃないですか」

「違う、おふくろのはただのおせっかいだ」

剛が笑った。珠子のもくろみも無駄に終わりそうだ。

「おばさんに、悪いことしちゃったかも」

「母親のお膳立《ぜんだ》てでどうにかなるほうが間違ってる。おふくろは単に、俺が女にだらしない男に育ったっていうことを認めたくないんだ」

「だらしなくはないでしょう。面倒くさがりだとは思うけど」

「ここでお前と出来るくらいのだらしなさはあるよ。だけど、それもなんだか格好《かっこ》悪いでしょう。これはだらしなさとは別の、俺の好みの問題だな」

「好みじゃなくて、すみません」

少しむっとした顔をして見せたものの、実は少しも不快ではない。

「お前と今どうにかなっても、少しも刺激的じゃあないんだな」

参拝に行くという剛に使い捨てカイロをふたつ持たせた。

「何時くらいに掃除に行けばいいかな」

「いいよ、今日明日くらい俺もごろごろしたい。四日が仕事始めってことでよろしく。

夜からでいいから」

「ありがとう。用のあるときは、いつでも連絡して」

ひとりきりになっても、頬に笑みが残っていた。剛が詰めてくれた夜食を冷蔵庫に入れて、ヒーターの目盛りを下げた。化粧を落とし、発熱下着とフリースのパジャマを重ね着する。二日間くらい、このままで過ごしてもいいような気持ちになってくる。休日が終わるころに襲ってくる疲れのことは考えない。

ひとつ息を吸い、吐いた。パソコンを起動して原稿画面を開く。書きかけの嘘が次の嘘を求めていた。

お母さん、あなたはとうとうなにも訊ねなかった。妊娠の理由も相手も。興味がなかったのか。現実のあなたと、記憶のあなたと、真実のあなたは違う。あなたは死んだ。わたしは生きている。

過去を再構築し、修正する手段を手に入れたのはわたしでした——

## 4

　二月半ば、雪も日中の日差しがあれば嵩《かさ》を減らすようになってきた。もう一度大きな低気圧が来るのか、再び腰高の雪が降るのかどうかが目下の話題だ。テレビ画面には梅の開花が映し出される。梅も桃も桜も五月に咲く場所に暮らしていると、南北に長い国を実感する。ずれた季節に不思議な気持ちになるのも毎年のことだった。

　節分を機に珠子が家事に復帰して、令央が志水家の自宅へ通うこともなくなった。預金通帳の「現状維持」にも、季節の変わり目が来てしまった。さて、なにで節約しようかと考えるも、特別これ以上削れるものなどなかった。

　屋根の雪が解ける日はすぐ近くに滴の音が聞こえる。令央はゆるゆると布団から起き出して、コーヒーを淹《い》れるためにお湯を沸かした。

　翌日が休みのときは明け方まで原稿を書いていた。起きてから理由のわからぬ痛みが全身に走るのは、モニター画面をにらんでいるあいだ目や肩に力が入っているせいだろう。

　薄いコーヒーを飲みながら、明け方までかかって書いた原稿の最後の一行を読み返す。

――産み落としたのは新しい命だったのか、それとも新たな自分だったのか。

いざ文章にすると小説の「砂上」は令央の「こうだったかもしれない現実」へと変化してゆく。笑って読み返すことの出来ない文章だ。文字にすることで本人に都合良く修正されるとは限らないのだった。

原稿の上では、令央よりミオのほうが動きも台詞もずっと生き生きしていた。事実を問うこともしない母親の様子は、世間と大きくずれている。子供がもうひとり増えることを楽しみにしているミオは、文字で読む限りおかしい。

本当は、ミオに妊娠のいきさつを訊《たず》ねて欲しかったのかもしれない――

肩や腰の筋を伸ばしながらモニターの文章を読み返す。二百枚を数えたところで、不思議と気持ちが軽くなった。この後に書かねばならぬことが狭まってきた気がするのだ。

乙三は母親の一生を肯定することが必要だという。否定しないことが肯定ではない。頭ではわかっている。登場人物は与えられた役をそれぞれに解釈して、そこに在る物語に向かって忠実に行動を重ねる。令央はひたすら虚構にからめて現実を振り返る。読んだ人間が「本当かもしれない」と思ってくれれば小説「砂上」は、そこでようやく虚構として成立する。

　年明けに乙三からきたメールが、常に脳裏に響いていた。

『経験が書かせる経験なき一行を待っています。柊さんご自身が特別な人である必要はありません。大きな嘘、ちいさな気付きを見てきたように聞いてきたように、心を痛めながら書いてください』

　百枚以上のものを書くのは初めてだった。たんたんと、主人公の視点ひとつを頼りに書く。それはまるで、長いあいだ秘めていた感情を顧みて怒りにまぶしてゆくような作業だ。

　裏ボア付きのジャージは休日の部屋着でパジャマ代わりだった。安物なのですぐに毛玉にまみれ、ひと冬限りのつき合いだ。毛玉を十個取った。きりがなくなりそうだ。コーヒーを飲み終えたところで立ち上がり、令央は上からダウンコートを羽織った。

　毎年、近所から雪解け水の音が聞こえ始めたところで、玄関前の排水を促すために氷を割り溝を作る。少しでも温《ぬる》んだときに済ませないと解けた部分がまた凍ってしまい、夜中に帰宅する際、足下が危ないのだ。

　軍手を着けて、玄関横の物置から剣先スコップを取り出した。バケツや除雪道具、錆びた自転車から鉄のにおいが漂ってくる。令央は排水溝を目指した。スコップの先で無心に氷を割っていると、通りに同じような音が一軒二軒と増えていった。三十分後、排水溝にたどり着いたところで赤いCR—Zが家の前に停まった。

エンジンを止めた車の運転席から、長身の人影が降りてきた。限りなく金髪に近いショートカット姿の美利だ。ついこの間まで、黒い同型車に乗っていたはずだ。

「車、替えたんだ。新車？」スコップを持つ手を止めて訊ねた。

「いや中古。先月友達に貸したら、雪に突っ込んでフロント部分全壊になっちゃって」

「友達に怪我はなかったの」

「運良く、ね」

　美利は長い脚を見せつけるようなタイトジーンズにロングブーツを履き、タートルセーターの上には丈が短いダウンジャケットだ。肩から大ぶりのメッシュバッグを提げている。

　美利は「相変わらず家から出ないんだね」とつぶやいて玄関の戸を開けた。令央もスコップを戻し、家に入った。

　ミオが死んだ後の書類書きで会って以来だ。美利とはいつも、感慨深い再会とはならない。ミオの死がなければ一年でも二年でも会わずにいただろう。

　令央が茶の間に入ると、美利はヤカンに水を入れていた。

「たまにはあたしが紅茶の一杯も淹れますよ」

「ありがとう」

ここがお互いに実家なのだということを、彼女が遠慮なくヤカンを持つ手を見て思い出した。令央はこたつに脚を入れた。

「仕事、忙しいの？」

「まぁまぁ。十二月と一月の売り上げは、いい線行ったと思う。なかなか札幌と張り合うのは大変だけど、立地条件からすればかなり健闘してるんじゃないかな」

令央のほうはどうなの、と問われ「うん」と曖昧《あいまい》に頷《うなず》いた。報告できることなどほとんどない。久しぶりの会話も、雪解け水が排水溝に流れてゆくようにはゆかない。

「ねえ令央、ママの四十九日ってもうとっくに過ぎたんだよね」

「数えてなかった」

「みんな無宗教だしね」

ミオの骨はどこにあるのかと問われ、二階と答えた。令央が小学校に上がるときに買ってもらった学習机の上に置いたきりだ。暖房費節約のため生活空間を一階に移してしまってから、ほとんど二階に上がることもなくなった。死んだからといって骨に語りかけることも、日々手を合わせることもしない。だいたいまだ、死んだという実感も薄いのだ。美利もまた、母の遺骨を二階に放置したままと聞いても別段不思議がる様子もない。

目の前に茶葉が散るガラスのポットとカップをふたつのせた盆が置かれた。美利がこたつの向こう側に座り、抑揚のない声で言った。

「実は、家には共有持分ってのがあるんだけど、令央は知ってた？」

「きょうゆうもちぶんって、なに」

「ママが死んで、残った家を令央とふたりで分ける権利というか、まぁ平たく言うとこの家にはあたしも住めるってことなんだけど」

美利の長い手足と面長の顔立ちは、ミオにも令央にも似ていなかった。ひとときこの家には、まったく似ていない女たちが三人暮らしていたのだ。

「本気で言ってるの」

「令央のことだから、固定資産税のこともわかってないでしょ」

美利は、天板の上にするりと紅茶のカップを滑らせた。美利が中学に入ったあたりから、ほとんど日常的な会話もなく暮らしてきたふたりにとっては、この話だけで十年分くらいある。

開きっぱなしのパソコン画面に、スクリーンセーバーの砂漠の景色が次々に映し出されてゆく。令央はパソコンを引き寄せて閉じた。

「令央って、生活力ないじゃない。ママが死んでも一向に変わる様子もないし。またどこかに嫁に行って楽しようとかも思ってないみたいだし」

「もう結婚はしない」

すっきりとした目元にぴしりと引かれたアイラインを見た。カラオケ店の美人店長、クールビューティーと呼ばれているのもよくわかる。女子高生が美利目当てにやってくるのだと、噂で聞いたことがあった。

「あの車、見たでしょ。全額を友達に払わせるってわけにもいかなかったのよ、金のないヤツだってわかってるし」

そんなこんなで——、美利は天井を指さし言った。

「二階、あたしがいたときのまんまでしょ、どうせ」

「掃除はしてない。部屋に入ってもいない」

「そのくらいは自分でする」

令央はいまどこで寝起きしているのかと問われ、台所の隣にある四畳半だと答えた。ミオの寝室が、いちばん暖房費がかからないのだ。入る金がないのだから、かかる経費を抑えるしか手はなかった。

「次に二連休をもらえるのが三月に入ってからだから、そのときに二階を片付けて荷物を運び込むね。家財道具はアパートに置いてくるから、そんなにないの。それまでは友達の家を回ってしのぐ」

「次にその部屋に入るひとに、あげちゃうの?」

「違う。今入ってるひとに置いてくるだけ。そいつが事故を起こした張本人。やっぱり、いくら気が合ってもいったん金がからむと駄目だね」

美利はあいかわらず友人知人が多いらしい。常に誰かとトラブルがあると文句を言っている。

「仕事は昼出たり夜出たり、令央と違ってあんまり家にはいないから。寝るために帰ってくるだけだから、そのまま普通に暮らしててよ」

沈黙が長く感じるぎりぎりのところで、令央は「わかった」と答えた。

「あんたの好きなようにして」

主体性のなさ、か——腹の中でつぶやいた。

二階には六畳が二間あった。令央の部屋には遺骨のほかに、段ボールに詰めたミオの服や化粧品や香水瓶もある。四畳半の部屋によくもこれだけのものがあったと驚くほどだった。この先、空いたスペースには美利のものが重なってゆくのだろうか。三人の女から剝《は》がれ落ちた過去が部屋いっぱいになって、やがてあふれてゆくさまを思い浮かべた。誰のものがいちばん先にはみ出してゆくのだろう。

「じゃあ、了解取ったってことで。詳しい日時はLINEしとくから」

美利が紅茶を飲み干し、立ち上がった。見上げるとその頭は天井に届きそうだ。ねぇ、と訊ねてみた。

「身長また伸びたんじゃない」

「高校の時は百七十センチだったけど」

「伸びたよ。二十歳《はたち》過ぎても身長って伸びるんだ。なんだかモデルさんみたい」

「店に来る女子高生たちからしょっちゅうＬＩＮＥのＩＤ訊《き》かれるけど、教えないの。お手紙は利用後のアンケート用紙に書いてねって言ってある。それだと上司にも届くしね。おかげでうちのアンケート回収率いいんだ」

　ダウンジャケットを羽織った美利がつと動きを止めて令央を見下ろした。そして、口元に珍しく嘲《あざけ》りのない笑みを浮かべた。美利のこんな顔を見たのは初めてだ。

「やっぱり令央って、自分以外に興味ないよね」

「そうかな」

「今と同じ会話、ママが死んだときにもしたよ」

　ふたり同時に笑うと、このいびつな関係もさらさらとしたものに変わる。

「戻ってくることをもっと嫌がるんじゃないかと思ってた」

「そんなことはないよ」

「令央っていつもママの陰に隠れて、あたしから逃げてたじゃない。結婚するって言い出したときも、あきれるくらいほっとした顔してたし」

「長いバイト生活から脱出できると思ってたんだよ」

「喧嘩《けんか》してたのはママとあたしだったけど、あたしのイライラの原因はたいがい自分だけお花畑から動かない令央だった。無神経ってこういう女のことを言うんだって思ってたよ」

「あんたをそんなに苛立《いらだ》たせるほど、なにかやったかな」

「とにかく毎度毎度、その鈍さがたまらなく気分悪かったことは確かだよ」

ということで——バッグを肩にかけて美利がまたいつもの素っ気なさに戻り、茶の間を出て行った。茶の間に座って玄関のがたついた戸の音を聞くのは久しぶりだった。美利がまたこの家で暮らすという。物語だと展開が浮かぶのに、自分のことになるとてんで想像力が働かない。相手を気分悪くさせるほどの鈍さにも、心当たりがなかった。

美利が残していった匂いは、メンズを思わせるスパイシーさだ。こたつで再びパソコンを開き、原稿の画面を出した。自分の書いた文章だが、美利が訪ねて来る前と後ではほんの少し印象が違っている。気負いとも言えない拙《つたな》い箇所が画面からひとつふたつ浮き上がってくる。急いで削った。

家には寝に帰ってくるだけだ、と言うからには本当にそうなのだろう。高校を卒業するまでも、似たようなものだったと聞いた。庄司と暮らしていた十年、令央はほとんど美利に会っていない。ミオの語ったところでは、外泊も長期宿泊付きのバイトもやめる気配はなかったようだ。ミオは美利のことを話すとき、どこか面白がっているふうだった。育ちゆく大きなおもちゃ、という言葉をあててみて改めて納得する。

一行一行、祈るように文章を繋《つな》げた。ミオを肯定しようと思うと、自分の存在がどうしようもなく卑屈に思えてくる。

日の高いあいだは屋根から落ちる水音が間隔をどんどん狭めてゆき、日が陰って薄闇が広がるころにはまた間隔が長くなった。

物語の中のミオは、娘の産んだ赤ん坊に愛情を注いでいる。「孫」という言葉はひとつも使わない。物語の視点である「わたし」は、寡黙な助産師が施す乳腺《にゅうせん》マッサージの痛みに耐えながらしかし、女しか持ち得ぬ臓器の痛みもどこか他人事《ひとごと》で、新しい命に対しても冷めた心もちを隠せない。事情を知って出生証明書を書く助産師にいたわりも同情も求めていなかった。

すべてのできごとに対する期待の薄さは、多くのわかりやすい感情が既製服に袖《そで》を通すようなものだと「わたし」が言っている。規格から外れた感情には着せてもらえる服がないのだった。

書いている本人さえ「共感」という既製服から遠いところにいるのだ。型が合わない場合はどうするか――

自分で作るしかなかった。

オレンジ色の街灯が、窓から家の中を覗《のぞ》いている。カーテンを閉めるために立ち上がる際、膝《ひざ》が逆に曲がりそうになった。全身から力が抜けて、まっすぐ立つ力も残っていない。朝食にツナ缶とメロンパンをひとつ食べたきり何も口に入れていなかった。原稿は進んでいる。体のあちこちがきしむように痛んだ。

「砂上」は、新人賞に応募したものと登場人物は同じでも、まるで別の話になった。母と娘それぞれの心情吐露がなくなり、ふたりのあいだに「赤ん坊」がやってくることで、愛情という言葉がどれだけ虚《むな》しいかを確かめてゆく話になっている。加えて母と娘、娘の娘、すべて女であることが幸いし、それぞれの感情に名前を付けずに済んだ。

女三人のお話であれば、色鮮やかな金色の砂を踏めるような気がした。根拠はなにひとつないのだが、いつか金色の砂を見ることが物語の着地点という気がするのだ。

書いている途中、幾度も小川乙三に問いたくなった。自分は間違っていないか、このまま書き進めてもいいのか。ぎりぎりで思いとどまったのは、そんなことをしたところで乙三が言うだろうひとことが予測できたからだった。

――主体性のなさが文章に出ると、いつか言いませんでしたか。

頭の中で繰り広げられる小川乙三との会話は、もはや想像なのか被害妄想なのか境界が曖昧だ。蛍光灯を点《つ》けたところで携帯が鳴った。着信画面には志水剛の名前がある。休日の電話は珍しい。白茶けた明かりの下で、電話に出た。

「赤飯、食わないか」

「祝い事でもあったの？」

「いや、甘納豆を食いたいって言ったと思ったらいきなり作り始めてさ。作ったら作ったで、ふたりじゃ食いきれないからお前に届けろってうるさい」

珠子がまだ自分たちの関係に期待してくれているのが面白く、同時に負担だった。

「三十分ほどでお届けにあがりますが、どうでしょうか」

お願いしますと電話を切ってから、顔も洗っていなかったことに気づいた。風呂《ふろ》を沸かす時間はないし、シャワーを浴びておくのもなにやらおかしい。急いで頭と顔だけ洗って汗くさいジャージの上下を脱ぎ、洗濯機の前に干してあった色違いのものに着替えた。

ほぼ三十分で玄関先に現れた剛も、似たり寄ったりの服装だ。昼間、美利がやって来たことを話すと、わずかに声のトーンが上がった。

「そんで、また一緒に暮らすのか」

「寝に帰ってくるだけだって言うし。共有持分なんだって」

美利の持ってきた紅茶を淹れ、赤飯をつつきながらそんな話をしていると、まだ大《おお》晦日《みそか》が続いているような気がしてきた。剛もこの家に上がることにあまり抵抗がなさそうだ。珠子とふたりきりの家で休日を過ごすのも、気詰まりなときがあるのかもしれない。

十《と》勝《かち》小豆の甘納豆がたっぷりまぶされた赤飯は、おこわというよりお菓子に近い。

「相変わらず美味しいわ、珠子おばさんのお赤飯」

「休日に、なんの祝い事もなく赤飯っておかしくないか。お前のところまだ喪も明けてないし」

「食べたいときが美味しいんだから、いいじゃない。うちの母なら、赤も黒も飯は飯って言うよ。美利のことは、電気代を半分払ってもらえるならいいかって感じ」

仲がいい悪いの関係では、最初からなかった。剛はただ頷くだけだ。それより、と話題を変えるつもりで振ってみた。

「豹《ひょう》柄の女とは、その後どうなの」

「会った、一回」ぼそぼそとした声だ。

「亭主にパチンコ玉ひっくり返されたって言ってなかったっけ」

「ドラッグストアに行ったら、また会って。メールきて、今度は札幌まで出ようって言われて」

「プライドのない下半身だねえ」

男と女の仕方なさは、他人の場合も己のときも笑うしかないのだ。

「会いたいって言われたら、仕方ないでしょう」

「仕方ないの使いかた、間違ってるよ」

あきれながら、どこかで安心もしている。珠子の思うようにはいかないのが現実で、現実だから等しく苦い。

「まぁ、飽きるまで続けるしかないのはいずこも同じか」

するりとまた、気持ちが虚構の世界へと滑り込んでゆく。現実に待つ美利との同居も、剛の面倒そうな色恋も、虚構を重ねる「砂上」の前では色が薄い。

令央には、自分の手から出てくるもののほうがずっと現実感があった。嘘を書いていながら、嘘に騙《だま》されてゆく自分がいる。自分でついた嘘に騙されるという快楽は、経験したことがなかった。作ったものでありながら、それは空間を持っていた。目を瞑《つむ》れば、すぐ目の前に金色の砂がある。

「なにニヤニヤしてんの」剛がぼそりとつぶやいた。

「ニヤニヤしてた？」

「気持ちわるいくらい。楽しそうだな」

たのしかぁないですが——と赤飯を口に放り込んだ。

乙三も六年間こっちにいたというから、甘納豆入りの赤飯には慣れているだろうか。

令央は天板の隅にあるパソコンを指さした。

「こんなに長いお話を書くの初めてだし、少しずつでも進んでいるせいかな」

「帰ってきてからやってんの?」

「うん、朝九時には起きられるようにしてるけど。毎日何かが進むって、いいなと思って。あと、赤飯が美味しい」

「好きなことをやって毎日何かが変わる生活って、贅沢《ぜいたく》っちゃ贅沢だよな」

充実と呼ぶには心許《こころもと》ない。贅沢ならば、他人の基準がどうであろうと自分の内側にある棚の位置を変えればいい。

「ドイツにいたとき師匠が言ってた。金のあるなしじゃなく、人間、毎日なんにも変わらないってのがいちばん貧しい生活らしいぞ」

「いいこと言いますね」

女とまたよりを戻してしまった男の内側を想像する。先行きのない関係に安心することもあるのだろう。男の心だから、どうにもならない。心身が常時自分の思いどおりに動く状態にあるとは限らないのだ。剛のことだとこんなに寛容になれるのに、なぜ自分の夫のときは駄目だったのだろう。

「怒らせたら怖い亭主に、ばれないことを祈ってるよ」

そりゃありがたい、という言葉を残して剛が帰った。明後日にでも、珠子の様子を見がてら赤飯の礼を言いに行こう。明日では早すぎる。剛と令央のなりゆきを楽しみにしているひとに、あまり期待をさせてはいけない。

昼間に屋根からしたたり落ちていた水の音がほとんどしなくなった。カーテンの端をそっとずらして窓の外を見た。大粒の雪がゆらゆらと揺れながら落ちてくる。ゆっくりと時間をかけて、ひとつひとつが意思を持ってでもいるように、目指すところへ落ちている。

# 5

小川乙三がやってきたのは三月に入って二週目の、ランチ営業のない土曜日だった。水曜日に仕上がった原稿をメールで送ってあった。乙三からの返信は安定を感じるほどの簡潔さだ。

『お原稿ありがとうございました。拝読するのを大変楽しみにしております。週末、札幌に参りますので、そのときにでもお話しさせていただけたらと思います。小川乙三』

読んですぐ飛んでくる編集者、というのはただの幻想なのだろう。何のついでででも乙三は令央のために時間を割いてくれるのだった。乙三がいなければ、他人の受賞作が雑誌に載るまで自分が落ちたことにも気づかないのだ。しかし自分の書いたものに評価を下す人間をこの目で見るのは、期待する時間が短縮されたぶん恐怖だった。

土曜の午後一時、再び令央は隣駅の喫茶店で乙三と会った。

「お久しぶりです、柊さん、お元気そうで安心しました」

「遠いところ、ありがとうございます」

「集中して一本書いたら、廃人みたいになっちゃうひとも多いんです。柊さんはそういうことはなさそうで良かったです」

乙三は薄灰色のシャツに黒のジャケット姿だ。席に着くと同時に彼女が言った。

「読ませていただきました」

首を縦に振るだけで精一杯だった。ときおり、死角になった席から中年男性の高笑いが聞こえてくる。乙三はコーヒーにするという。令央はココアを頼んでから、主体性という言葉を思い出した。

「書き上げてみて、柊さんご自身ではどうでしたか」乙三が静かに言った。

「こんな枚数を書いたのは初めてで、そういう意味での達成感のようなものはあります」

「書いているあいだ、楽しかったですか」

楽しい、というのとは違った。自分の来し方を虚構として構築し直す際の高揚感はある。令央しか知り得ない事実を握っているという優越感かもしれない。

「うまく言えませんけど、前回の『砂上』よりはなにかお伝えできたかなと思っています」

乙三は「そうですね、それはわかります」と言って、傍らの鞄《かばん》からプリントアウトした原稿を引き抜いた。読んだ感想を言う前に、書いた感想を訊くのはなぜだろう。

「柊さん、すみません。時間というのがなかなか作れない仕事でして、拝読したのはこちらに来る飛行機の中でした」
読んでから来るのを決めたのではなかった。乙三の言葉は「ついで」を強調するためなのか静かだ。羽田《はねだ》からの移動中に読んだと聞かされても、まだ期待している心が鬱陶《うっとう》しい。

原稿の一行目が赤ペンで囲まれていた。一枚目の書き込みはそれだけだった。運ばれてきたコーヒーをひとくち飲んで、乙三が言った。

「詳細な体験記、という感じです。日記としてならば、読むこと自体は難しくありません」

でも――繋がってゆく言葉の先が予測できる。呼吸が苦しい。乙三の前にある原稿の束を、ひったくって家に帰りたかった。ついさっきまで、帰る場所を持たない女を書いたつもりでいたというのに。

「ありがとうございます」

「勘違いなさらぬように、柊さん。ここは礼を言う場面ではありません。そして、三人称でとお伝えしたはずです。わたしは小説が読みたいんです。不思議な人じゃなく、人の不思議を書いてくださいませんか」

人の不思議――

言葉にしてみる。わかるようなわからぬような、苛立ちともかなしみともつかぬ心もちだ。

「妹を産んだのは視点人物ということになっていますけれど、失礼ですがこれは実体験でしょうか」

書いているあいだからずっと覚悟していた質問だ。令央は無言でひとつ頷いた。ミオがあの世に持って行ったものを、命以外引き戻して文章に落とした。

乙三の表情は少しも変わらなかった。

「やっとバランスの悪い理由がわかりました。詳しく書いてあるところと端折《はしょ》りすぎている部分が逆なんですよ。知っていることをアピールして、知られたくないことを端折るから創作的日記になってしまうんです。虚構は、端折りたいところに踏み込んで、嘘をついていますと嘘をつき、同時に現実を霞《かす》ませるものだと思っています」

わかりますか、と問われ、ゆるゆると首を横に振った。

「一本書いてみないことには、わからないかもしれません。百本書いてもわからないひとにはわからないんです。柊さんくらいの書き手は正直、掃いて捨てるほどいます。二十年三十年、同じネタで投稿生活を続けている人なんて珍しくもなんともない」

「お時間を無駄にさせて、申し訳ありませんでした」

柊さん、と乙三が念を押すように言った。

「この時間が無駄になるかどうかは、お原稿が無事小説になってからゆっくり考えましょう」

乙三は赤ペンで囲んだ一行目を指して「ここは使えます」と言った。

「あとは、ボツってことでしょうか」おそるおそる訊ねた。

「違います。全面改稿と思ってください」

ココアはもう冷えて甘い水になっている。乙三から目を逸《そ》らさぬよう努めながら、どういうことかと問うた。

「お原稿は一人称で書かれてますけども、この技法は物語を俯瞰《ふかん》できる書き手にしか使いこなせないんです。視点が安定する利点は、書き手の視野が狭いと却《かえ》って不利になります。柊さんの良いところはおそらく、たいへん視野が狭いという点です。長く書き続けることができれば多少は広くなるでしょうが、それでも根本にある興味の幅というのは大きく変わらないはずです。元手が少ないことと引き出しがないことは違います。たったひとつの元手で十年書き続けることも可能なんです。そこをご理解いただいた上で、このお原稿、すべて三人称一視点で書き直してみてください」

甘い水が、今度は苦くなった。

「わたしは、の部分を視点人物の名前に変えるということでしょうか」

「違います。柊さんにしか見えなかったものをより明確にして欲しいんです。相手がどんな動きをしたのか、そのとき背後に広がっていた景色はどうだったのか、しっかり物語の中に入って柊さんご自身で見てきてください。三人称のお話においてあなたは、視点ではなく透明人間です。物語とは無関係な第三者であることが大切です」

乙三は、そうすることで原稿に景色が入ってくるのだと言った。

「文章で景色を動かしてみてください。景色と一緒に人の心も動きます。そのひと手間が読み手への親切だと思っていただければ。共感なんて、本当は書き手が気にするものではありません。求めた瞬間、媚《こび》になりますから。柊さんの武器はそこに尽きます。更に言うと、一人称の場合言葉は楽譜、三人称のときは楽器になると、わたしは理解しています。一曲、聴かせてほしいんです。このような言い方ではうまく伝わらないかもしれませんが」

せめて文章だったら何度も読み返すことができるのに、と思った。映画音楽と一緒に時間に紛れてしまうのが怖くて、彼女の言ったことを懸命に耳奥に押し込む。

乙三は、令央の心の動きなど気にする風もなく続けた。

「妹は娘、という生ものを真ん中に据えると、却って世界が広がらないんです。せっかくの母親のキャラが生きてこない。素材に頼りすぎると虚構ではいいことがありません。幸いこのお話にはほとんど取材が必要ない。とことん嘘をつけます。ご自分が思うほど他人はあなたの人生に興味はありません。産んだ子供を妹として育てること、母親との関係、妹や娘という立ち位置から浮いてくる現実。どれも自分の経験が特別だという意識を捨ててみてください。そこはもうただの小道具です。告白という手法は、ペンを持つ段階では良い武器になりますけど、フィクションにできなければただの自己憐憫《れんびん》です。それを運良くかたちにしたところで、あなたはこの一本で終わります」

乙三は「砂上」を書こうとする令央に、書こうと思った動機を捨てろと言っているのだった。

「屈託とか葛藤《かっとう》とか、簡単な二字熟語でおさまらない話が読みたいんですよね」

乙三の声が、ひどく温かいものに思えてきた。正直なところ全面改稿の作業がどうなるのか見当もつかない。それでもこの女から離れずにいれば、小説のなんたるかの一粒くらいは味わえそうな気がしてくる。

令央の裡《うち》が急に凪《な》いだ。この女の言葉にもっと傷つきたい。乙三が腕時計をちらと見た。そろそろ札幌に戻る時間だという。心細く頼りないながら確かに前を向いている今の気持ちを、彼女に伝えたかった。

「今夜から、がんばってみます」

眉間《みけん》の皺《しわ》が持ち上がり、わずかだが溝が浅くなったように見えた。

「ご理解いただけて良かったです。今夜のご飯、美味しく食べられます」

札幌で作家と食事かと問うと、「卒業祝い」だという。

「息子が、この春中学生になるんです」

「お子さんがいらしたんですか」

「亭主とは死別しました。いまは義理の両親が育てています」

駅へ向かう途中、乙三がぽつぽつと語った来し方に、令央はただ頷くことしか出来なかった。

乙三は、大学卒業と同時に文芸サークルの先輩だった男と一緒になったという。

「夫は、大学卒業前に書いた小説が純文学系の新人賞を受賞して、受賞第一作として文芸誌に掲載されたものがいい評価だったんです」

純文学の大きな賞で候補になったのを機に、勤めていた会社を辞めて小説一本でやることに決めた。受賞は逃したが、男には「将来有望」「受賞に最も近い作家」の肩書きがついた。でも、と続ける乙三の口調は内容に反してひどく軽やかだった。

「両親がいて、苦労せずに大学まで出たことが弱みになるとは本人も思わなかったんじゃないでしょうか。精神論と思想だけで書いているという評価を覆すためにできることは、書くことだけでした。物音がすると原稿に集中できないので、実家に身を寄せて、半地下の物置に防音シートを貼って仕事部屋を作って。同じ家にいても顔を見ない日の方が多かったくらいです」

そうして血肉を削るようにして書いたものは、再び候補になったものの落選した。

「一本に全力を使うのは当然だけれど、使い果たしてはいけないんです。命を使い果たすほどの作品でなかったことは、彼がいちばんよく知っていたと思います。人に評価されたいうちは、人を超えない。それが彼から最後に聞いた言葉でした」

雪解け水がアスファルトの歩道に何本も筋を作り流れていた。雪の下に隠れていた泥や埃《ほこり》が、音をたてて水に流されてゆく。

「言葉は人を殺す道具です。作家はその道具で食べてゆくひどい生きものですけど、自分が死んだら何にもなりません。だから、ちょっとやそっとで死にたいなんて思わない書き手に出会いたかったんです」

たかが小説じゃないですか——

小説に殺された男が遺《のこ》した作品は、新人賞受賞作と雑誌掲載の二本。令央は乙三の横顔を窺《うかが》うことも出来なかった。

「くだらない話をお聞かせしました」

楽しみにしています、という言葉を真っ直ぐに信じた。

「ご卒業、おめでとうございます」

令央はそこで、乙三の口元が不敵に歪《ゆが》むのを見た。

「柊さん、もし今の話を信じたのなら、あなたの武器はそこなんですよ」

街を流れてゆく水の音が、急に大きくなった。

## 6

帰宅途中に嗅《か》いだ新緑のにおいが日中よりも深くなっていた。

令央は冒頭一行と粗筋だけを残し、再び最初から「砂上」と向き合うことになった。最初の原稿の文章は、どんなに気に入っていても使い物にならない。

長年送り続けていた新人賞は、今回を以て長編のエンターテインメント作品募集へ切り替わるという。令央の送ったものは二次を通らなかった。残念がるほどのできごとではなかった。乙三から得た言葉が小説として読んでもらうための条件ならば、落ちるのも当然だった。男と女のままならぬ行ったり来たりは、いつかどこかで読んだことのある話にしかならない。

令央は頭を左右に振った。理由はどうあれ睡眠不足はいけない。今日初めて大きなオーダーミスをした。ランチタイム、手ごねハンバーグを待っていた常連客に山芋のドリアを運んでしまった。午後一時に職場に戻らなくてはならない客だった。前回やってきたときの注文がドリアだったことを思い出し、間違って書き込んでしまったのだ。勘定をもらうわけにはいかなかった。パンとライスを間違ったことはあっても、メニューをまるごと間違えたのは初めてだ。剛は「気をつけてくれよ」と言うだけだ。

道ばたの緑のほかに、木肌からも生きもののにおいがする。これは、桜の木が花を咲かせるための養分を土から吸い上げているにおいだろうか。昼間の失敗を反省しているというのに、いま書いているシーンに必要なものを春の夜気に探していた。書くことに意識が傾くと、感覚が過敏になり感情が欠落してゆく。ありがたいことに、日常がほんの少し遠くなる。

信号待ちで、ひとつ大きく息を吸った。今回の「砂上」は母親と娘が「腹の赤ん坊」をどうするか相談するシーンから始めることにした。ふたりの関係は、産むことに決めて静岡へと向かう道々で会話にからめてゆくしか伝える方法を見つけられなかった。

家の前まで来て、美利の車に気づいた。三月に引っ越してきてから半月以上経ったが、まだ数えるほどしか会っていない。朝出かけるときに、車があったりなかったり。車はあるのに人の気配がしなかったり。美利の生活は想像できない周期で動き続けている。こちらも生活を変えないし、向こうも勝手気ままに暮らしている。一緒に食事をすることもなければ、テレビを観ることもない。

鍵《かぎ》を開けてそっと玄関に入る。小声で「ただいま」と告げる。家の中に、煙草のにおいが漂っていた。ほどなく二階のドアが開いた。薄暗い階段に白い脚が現れる。美利の部屋着はいつも黒か紺色で、暗がりでは手足と顔が白く空間に浮いているように見えた。

「おかえり」下りてきた美利が階段に腰を下ろし、手にしていたペットボトルの水を飲んだ。

「令央、いっつもこんな時間なの」

「開始が遅いから」

「ママはもっと遅かったっけ」

「仕事が違うよ」

「同じ飲食店じゃない」

言葉を返さず靴を揃えた。ノートパソコンが重かった。いつでも原稿に向かえるようにしていることで、わずかだが気持ちが落ち着くのだ。一行も進まぬときは却《かえ》って落ち込み、一行進むと「持ち歩いていて良かった」と思う。気持ちは常に蛇腹と同じ伸縮を繰り返していた。

バッテリーがずいぶん少なくなっていた。早く充電しなければ。令央は美利の前を横切り、茶の間へと入った。ライナー付きのコートを脱ぎ、壁から飛び出した釘《くぎ》に引っ掛ける。美利も茶の間にやってきた。

改めて素顔の美利を見る。なるほどこれは女子高生に人気があっても不思議ではない。切れ長の目と高い鼻、長身に長い手足が近寄りがたい気配を醸している。

「なに」美利が語尾を上げた。

「いや別に」

「ひとの顔じろじろ見て、別にはないでしょう」

「ごめん」

怒っているという口調でもないし、特別機嫌が悪いふうでもなかった。こたつの天板にノートパソコンをのせる。テレビの後ろから伸びているアダプターの先にパソコンを繋《つな》いだ。充電しているあいだにシャワーを浴びて、その後は眠たくなるまでキーを叩《たた》く。単調な日々も、令央の頭の中で動いている登場人物たちがいる限りなにも苦にならない。

大柄の男に押し倒され口にタオルを詰め込まれるシーンでさえ、しっかり書けていれば楽しい。「砂上」を書き始めてから、幼い日の記憶に痛みが伴わない不思議な時間が続いていた。

乙三の言った「精神的に決定的なダメージを受けたこともなければ、友達もいない」の意味がうっすらと見える。そこにあるべき情というのがわからないのだ。喜怒哀楽はあるのに、その後がない。生まれつき持っていなかったのか、後天的なものなのか。

床の冷たい風呂《ふろ》場でシャワーを浴びる。なかなか体は温まらなかった。急いで保温に努めることが半ば癖になっている。綿とフリースのソックスを重ねて穿《は》いていると、台所でお湯を沸かしていた美利が「そんなに寒いの」と訊《たず》ねてくる。

「手足が冷えると、パソコンのキーが打てないの」顎《あご》でこたつの上を示した。

「外にパソコン持って歩くほど大きな仕事してるわけ」

「仕事というより、宿題。いろいろあんのよ、わたしだって」

パソコンを開き、原稿を画面に呼び出した。ちょうど「妹」とふたりの会話場面だった。最初の原稿では、眺めて観察するだけだった「妹」に台詞を与えることで、平面が立体になってきたのがわかる。「砂上」の中の彼女は思いもよらぬ言葉を発して、視点の「母」を精神的に追い詰めていた。

オイルヒーターのすぐそばに、芋焼酎《いもじょうちゅう》のお湯割りを飲んでいる美利がいる。ときどき「熱い」「寒い」というぼやきが聞こえる。テレビは点《つ》けなくていいのかと訊ねてみる。光熱費を出してくれる同居人への、これは気遣いだ。

「毎日テレビモニターとでかい音の中にいるからさ、こういう静かな時間って貴重なの。あたしを泊めてくれる子たちの部屋って、みんないつも音楽かかってたり映画垂れ流してたり、うるさいんだ」

ここには、車の借金返済が終わるまでいる予定だという。

「令央も飲まない？　温まるよ」

「焼酎はよくわかんないんだよね」

「わかんないなら、飲んでみればいいんだよ」

美利はそう言うと「一刻《いっこ》者《もん》」のキャップを回し、茶渋を取りそびれたままの湯飲み茶碗《ちゃわん》に注ぎ入れた。お湯を足してこたつの天板に置く。

「体が冷えるといいことないしさ」

手のひらで湯飲みの熱さを確かめながら、ひとくち飲んだ。舌先にぴりりとした刺激が走ったあと、喉《のど》から鼻にかけて熱い息が上がってきた。吐く息が熱いと、吸い込むものも暖まっているような気がする。芋が原材料にしてはにおいがしない。

ブログを書いているのかと問われ「違う」と答えた。

「だよね、ものぐさな令央が夜な夜なツイッターとかブログとかやってたら、笑っちゃう」

「そういうの、もともと苦手だもん」

「知ってる。人間嫌いの自分好き。他人に興味ないぶん害がなくていいけど」

「けど、ってなに」画面から目を離さず訊《き》いてみた。

「世界が狭いぶん、人の好き嫌いで面倒を起こさないってこと」

この会話、使える――メモを取る紙がないので、美利の言葉をそのまま画面に打ち込んだ。

「そんで、ブログでもツイッターでもフェイスブックでもない、なにを書いてるわけ」

「原稿」

「なんの」

「小説」

「冗談だよね」

令央は自分の頬が上がりも下がりもしないことに安心した。もう、目の前の美利が登場人物の原型として大切な素材になっている。近くにいるのに気持ちは驚くほど遠く、何を言われても心が乱れない。

小川乙三にこの感触を伝える術《すべ》は「砂上」を書くことしかなかった。間に原稿がないとろくな会話もできない関係が、ひどくもどかしく思えてくる。

経験が書かせる経験なき一行――それはまるごと「虚構」ではないのか。

信じるものは何かと問われたら、今までならば「ない」と答えていたろうが、今は違う。

令央は「虚構」を信じたかった。すべて嘘に塗り替えてしまえば、己の真実が見えるはずだ。あのときなにが足りなかったのか、あの日どうすれば良かったのか、あの人にどう接すれば間違わずに済んだのか。それらの答えはすべて現実ではなく再構築された虚構のなかにある。

視界の隅で、美利が体をこちらに向けた。

「まさか四十になっても文学少女のままとは思わなかったよ。それ、書いたら本になるの？」

「わかんない」

「わかんないのに、書くわけ」

そうだと答えるしかないのだった。

「金もないくせに、のんきな女だよね」

美利が盛大にため息を吐《つ》いた。

見えない現実を見ようとしても、凝らした目に痛みが走るばかりだった。都合の悪いできごとも、過去も未来も、人も時間も、虚構ならばこんなに輪郭がはっきりとする。原稿の中では主人公が、口に詰められたタオルを取り出して、切れた口角から流れる血を拭《ぬぐ》っている。下半身には力が入らず膝《ひざ》も曲げられない。そんなことを書いている自分は、焼酎のお湯割りを口に運び、その描写にまんざらでもない気分だ。

わずかな沈黙のあと、不意に美利の声が柔らかくなった。

「あたしのことでも書けば？」

そのときだけは令央も顔を上げた。オイルヒーターから立ち上る暖気が美利の表情を歪《ゆが》ませている。笑っているようにも見えるし、つまらなそうにも見える。令央には彼女の感情から落ちた滴を受け取る器がない。

「わたしがなんで、美利のことを」

「いいネタだと思うんだけど」

細く長い首をくるりと回した。

「あたしを産んだの、令央だって知ってるし」

感情がわかりやすく動いてくれれば、上手い言葉も思い浮かぶのに。美利からわずかでも恨めしげな気配が漂ってくればしめたものなのだが、そうはならなかった。現実はいつもたんたんと過ぎてゆき、令央の口から漏れる言葉も普段と大きく違わなかった。

「そうか」

次の言葉に迷い、結局黙った。静かすぎて居心地の悪い思いを抱えながら、令央は真夜中に響く美利の言葉をひとつひとつ拾っては頭の中のノートに書き込んでゆく。

「ママは二階にあたしがいることに、気づいてなかった。いつ帰っていつ出かけてるかも知らなかったから、当然なんだけど」

美利が十二歳のときにミオを訪ねてきたという女の心当たりは、ひとりしかいない。美利を取り上げた助産師で、数か月借りていた浜松の家の大家だ。浜からつよい風が吹くと、窓に細かな砂のあたる音がした。真実は意外なところに漏れていた。

「母親なんて、誰でもいいんだよ。父親がどれでもいいように、あたしには根っこなんて必要ないの」

母でも娘でもない者同士が再び同じ家で、真夜中に酒を嘗《な》めている。お湯割りはもうぬるい。

今さらこの現実を虚構にして価値を与えることに、どんな意味があるのか考えた。同時に、過ぎた日の日記はどんなに鮮明に描こうとしてもやはり虚構なのだと思い至った。

「根っこ」、ぽつりと口からこぼれ落ちた言葉を、拾って画面に打ち込んだ。ミオを訪ねてきたという助産師の、いつか見た横顔を思い出そうと目を閉じた。静かな女だった。ミオよりもひとまわりくらい年嵩《としかさ》だった記憶がある。

――たとえ育てるのはお母さんでも、産むのはあなたよ。いいのね？

半分白い髪を耳の後ろで束ねた助産師の、温かくも冷たくもない問いに頷《うなず》いた。この先自分がどうなってゆくのか、想像する力も解決策もなかった。彼女もまた、それ以上なにも訊ねなかった。令央の妊娠がまるで「いつか起こるできごと」として待たれていたかのような不思議な感覚に陥った。あの日の心持ちを言語化して納得するために二十五年の月日を漂ってきたのなら、きっとなにか意味があるのだろう。意味があってもなくても、書く。虚構には、いつ埋めたかも忘れてしまった感情の答えが待っているはずだ。

つける嘘はつき通すのだと思い至ったところで、下腹部に針で突かれたような痛みが走る。壁のカレンダーを見た。今月も、そろそろ月のものがくる。ぱったりと止まってしまったことに気づいた日を思い出した。心当たりについてなぜあんなに冷えた気持ちでいられたのだろう。産んでおきながら、子を持つことのなんたるかを知らなかった。欠けた感情を探しもせずに、時間ばかり経った。

令央は湯飲みに残っていたものを喉に流し入れた。美利が冷蔵庫から水のペットボトルを取り出し、「おやすみ」と言って二階に戻った。

モニターで「砂上（改稿）」を読み返す。娘が自分の出自を知っていた、という展開にすると物語に妙なうねりが出る。三人称の視点人物にとっても書き手である令央にとっても、ひどく困った展開になるのだ。回収できるシーンかどうかを考えるが、答えは出ない。

ただこのシーンは、一人称のときと同じ結果に終わったらどうしよう、という不安を削《そ》いでくれた。ラストで確実に、登場人物が見る景色の意味が変わる。物語の終わりは、幸にも不幸にもしたくない。それぞれの傷口には名前がつかないのだ。

キーを打つ音が壁から跳ね返り、耳を流れ、再び指先に戻ってくる。令央は現実を物語に変換しながらひとつひとつのできごとを肚に収めていった。日々卵ひとつぶんずつ育つという、赤子のようだ。令央は十六のときに自分がなにを見てなにから目を逸《そ》らしていたのかを書かねばならなくなった。

「砂上（改稿）」で、妹は自分が視点人物の娘であることを知っていた。令央は考え得る限り「妹」の心情をかき集め、彼女を動かした。

次第に、現実と虚構の境が曖昧《あいまい》になってきた。克明に写し取ろうとしているものの正体がわからなくなってくる。誰もが薄情さを肯定し合ったままで、小説になるのかどうか。

午前四時、令央はキーを打つのをやめた。目の裏側が熱を持ち、息をするたび耳鳴りがする。立ち上がり大きく伸びをすると、背骨がきしんだ。腹が減っていた。とりあえず水を一杯飲もうと、手元の湯飲み茶碗を持って台所に立った。

見ると調理台の上に、カップ麺《めん》が三つ置かれていた。傍らに、まるめたレジ袋がある。天井を見上げた。ひとついただきます、とちいさくつぶやいてお湯を沸かした。

カップ麺をすすっていると、このにおいも味もミオが家にいたころはあたりまえだったことを思い出す。つと箸《はし》を持つ手が止まった。令央は残ったスープを三角コーナーに捨て、テレビ台の小引き出しを開けた。ミオの携帯電話を取り出す。充電器をコンセントに繋いで、携帯画面を開いた。

アドレスも電話番号も数個しか登録がないなかに、見覚えのある名前を見つけた。

――竜崎豊子《りゅうざきとよこ》。固定電話だ。令央はゴミ箱に捨てられたレシートをつまみ上げ、裏側に助産師の電話番号を書き込んだ。

この世を去っても、誰も訪ねてこない。ミオこそが、精神的に決定的なダメージを受けず、友達もいない女だった。令央は携帯電話をそっと引き出しに戻した。

手のひらに残った電話番号を見ていると、ミオの死を報《しら》せなかったことがわずかばかり悔やまれた。もしも悲しんでくれるひとがいるとしたら、この人ではなかったか。使わなくなった部屋に置きっ放しになっている母の遺骨を思い浮かべた。

令央はメモしたレシートをバッグのポケットに入れた。遠くで車のエンジン音が響いた。

翌日、開店準備を整えてランチメニューのボードを外に出した。すっきりと晴れた空を見上げる。やけに青い。見える範囲に雲のひとつもないときは、なぜだか不安になった。うっすらと雲間に青空が見えるくらいの空模様が好きだ――そう思ってから、数時間前にそんな一行を書いたことを思いだす。

飛行機のジェット音が響いてくる。空から眺める平野の景色はどんなだろうと思ったところで、ぷつりと音が途切れた。おや、と首を振る。なにかがおかしい。令央は駅前の景色を見た。客待ちのタクシー、信号機、五叉路《ごさろ》になった交差点をそろそろと出て行く車。見慣れた風景は昨日と同じだ。発車を報せるアナウンスも変わらない。しばらく佇《たたず》んだあと、やっと気づいた。右の耳が聞こえていなかった。

幼いころのプール授業で、耳に水が入ったときに似ている。右に首を傾け、手のひらで空気を圧《お》したり引いたりしてみた。何度か繰り返したが変わらない。左耳は普通に聞こえるのに、右だけ蓋《ふた》をしたように音が入ってこなかった。

あと片付けを終えて帰り支度を始めた令央に、剛が言った。

「お前、なんか変だな」

無意識に左耳を声のするほうに向けていた。令央が首を傾げると剛の眉《まゆ》が寄った。聞こえてないのか、と返ってきた。

「俺が気づいただけで、注文を三回は聞き返してた。右耳か」

修業時代、同じような症状を見せた同僚が料理長にこっぴどく叱られていたという。

「なんでも一回で聞き取らないと包丁《ほうちょう》が飛んでくるような職場だったからな。いくら手を動かせても、ここをやられたらひとたまりもないんだよ。俺たちけっこう耳の故障には敏感なんだ」

いつからかと問われ、正直に今日の昼と答えた。

「あまり寝てないんだろう」

明日から少し休めと言われ、顔を上げた。いま店を追われたら、生活してゆけない。

その生活をないがしろにして原稿を書いていたのは令央だ。すがるような思いで剛に訊ねた。

「クビなの？」

「すぐそこの耳鼻科、評判いいから行ってみろ。俺の同僚は聞こえてないのを隠してるうちに、厨房《ちゅうぼう》で目の玉がくるくる回り始めてぶっ倒れた。耳も目も鼻も、大事にしないと全身にくるぞ」

とりあえず、一週間は珠子が店に立つという。

「珠子おばさん、わたしがこういう状態だってこと、知ってるの」

「おふくろが先に気づいたんだよ。二階に上がって注文間違った話をしたときに。あの年になると、次の展開が読めるそうだ。最近のお前の顔を見て、体を壊してるんじゃないかと思っていたらしい」

剛はゆっくりと聞き取れるように話してくれる。

「辞めなくて、いいの？」

「その先は、病院行ってからの話だろう。あまりにも長くなるようなら、バイトでも臨時でも、別の人間を探さなくちゃいけない」

「わかった、明日の朝行ってみる」

言いながら、ひと晩ぐっすり眠りさえすれば治るのではないかという期待も同時に高まってゆく。いつも「このくらいで済んでよかった」というところを通り抜けながら暮らしてきたような気がするのだ。剛に詫《わ》びを言って店を出た。

三寒四温は続いている。いっとき暖さを覚えても、海側からの風はすぐに向きを変える。

昨日から症状が変わらぬことを説明すると、医師は「突発性難聴」と診断した。首を左右に倒しての眼球検査、聴力検査を経て医師が言った。

「よくある症状ですが、ずっと水が溜《た》まってるような感じがして不快ですよね。ほんの少しですけどめまいの症状もあるようです。おさまるまで、安静に。ビタミン剤と内耳のリンパ液の流れを良くするお薬と、利尿剤、軽い安定剤を処方しておきます。このあとめまいがひどくなったり吐き気が出てくるようでしたらすぐに受診してください」

血圧が極端に低いということで、食生活や睡眠時間の指導もあった。ぐっすり眠れている感じはしない、と言うと軽い入眠剤も出しておくという。

「これは、眠れないときに使ってください。どんどん量が増えがちなので、頼らずに済むときはあまり頼らないように。それよりも、生活の改善をお勧めします。年齢的にもいろいろと不調が出てくる時期ですから、あまり深刻に考えなくてだいじょうぶですよ」

一時間かけて点滴を落としたあと、背中を支えられながら起き上がったときには、ずいぶんと調子が良くなっていた。そうなるともう、昨日から今日にかけて一行も進んでいないことが気になり始める。「砂上」を書いていることが原因で、昼間の糧を失うわけにはいかなかった。ここはなんとしても快復しなくては、と思うそばから原稿が気になっている。シーンをひとつ書いたら、物語が次の展開を求めてくる。シーンが浮かべば文章にできた。

家に戻りひとまず、いつでも眠れるようにと顔を洗う。洗面台に美利の髪が落ちていた。七、八センチのうち、根元一センチが黒い。見つけた数本をティッシュペーパーで集めてゴミ箱に放る。忌ま忌ましさもない。彼女に対する心の遠さは、洗面台に落ちていた髪の毛のおかげで寛容さに置き換えられた。

美利は自由に生きることを選び、誰にも尻《しり》ぬぐいをさせない。等身大の生活を送り、大それた夢も見ない。カラオケ店の厨房アルバイトから始め、店長になり、交友関係を広げる。

いまの彼女にとって、誰が自分を産んだかなどどうでもいいことだった。

令央はコップ一杯の水で、入眠剤以外の薬を飲んだ。外をゆく車の音が妙に響いたり、耳を触っても半分神経が通っていない感じも残っている。五感のひとつが頼りにならなくなってしまった。

その夜十時に、美利が帰ってきた。比較的機嫌の良いことが、レジ袋に夜食と焼酎の瓶が入っていることでもわかる。

「令央、今日はずいぶん早いじゃない」

「仕事休めって言われた」

「なんで」

「右の耳が聞こえない」

「大人なんだから、休めって言われる前に自発的に病院行くとかしなさいよ。結局お互いに困るんだよ」

「うん。病院にも行った」

結果を訊かれ、突発性難聴と答えた。

「相変わらず、面倒くさいヤツ。どうせストレスとか自律神経とか、数字に出てこない原因なんだ。いるんだよ、うちにも。ちょっとハードなシフトになっただけで体調崩していきなり辞めるの。で、症状はどんななの」

「よく聞こえないのに、変に響く」

「病院行って点滴打って薬もらって、安静にしてりゃじき治るよ」

「あんたも、なったことあるの」

「店長になりたてのころ、自分より年上のおばちゃんや生意気な兄ちゃんに囲まれたときにいっぺんやった。たぶん同じような症状だ」

「すぐ治った？」

「治さないと仕事にならんでしょう。とにかく薬飲んで寝て、職場で一発怒鳴ったらすぐ治った。あんなんで仕事辞める人間の気が知れない。甘えるのもいい加減にしろって思うわ。令央も同じ」

「別に甘えてるつもりも、甘える先もないよ」

「じゃあ、あたしに質問されるのを期待して、見えるところに薬袋なんか置いておくのやめなよ。甘えってそういうことだよ。無視されたらされたでうじうじするんだよ、そういうひとは」

いちいちもっともで、返す言葉もない。

「サンドイッチでも食べなよ。薬飲んでるなら酒は駄目」

「ありがとう」

カツサンドとレタスサンドが入ったパッケージを受け取った。飲み物を、と思ったところでタイミング良くジャスミン茶が出てくる。

騒々しいカラオケ店で働きながら難聴になった美利を想像した。自身に降りかかるできごとを辞める理由にしないことで、美利はますます強くなり、周囲の視線を撥《は》ね返す。彼女にとって良い風が吹いて、それがやがて循環し始める。

「でも、令央の場合はそういうときの保険があるからいいよ。金って大事だからさ。あたしも車の借金と家賃を余裕で払える収入欲しいもん」

保険とは何かと問うた。元夫から毎月振り込まれる金だと返ってきた。聴こえないことに変わりはないのだが、右の耳に指を入れて話すと、ほんの少し楽だ。「聴こえない」ことを「聴かない」に変えただけで、五感のひとつを騙《だま》せている。

「あれね、五万から二万に減った」

「なんで、いい収入源だったのに。人間プライドないならないなりに、神様っていい性分を与えるもんだなぁって思ってたよ」

「子供ができて、家を買うんだって」

ほう、と頷いた美利の口から煙草の煙が細長く伸びてくる。

「若いねえちゃんと再婚して、子供ができて家を買う。理想的じゃないですか。ご本人、別れられて良かったんじゃないですか。元女房への送金さえなければ天国ですな」

「わたしもそう思う」

「その二万も、じき来なくなるね」

「うん、たぶん」

煙草の煙が邪魔をして、笑みが令央に向けられているのか話の内容に対してのものなのかわからない。数秒の沈黙が続いたあと、美利は張りのある声で言った。

「令央の元亭主さ、実はもう一円だって金を出したくないって思ってる。これ、わかるよね」

「子供じゃないしね」

「そこを逆手にとるのも女の甲《か》斐性《いしょう》だよ」

　美利がたくましく己の土に根を張って生きている太い樹のイメージに包まれた。母だの子だのという保険が必要ないくらいからりと乾いて、彼女には自身を腐らせる理由もない。

「ねえ令央、借金には繰り上げ返済ってのがあるわけ。それを使うとね、利息が安くなるんだよ。手数料をさっ引いても、最終的に支払う金額は多少下がるの。これを機にもう、だらだら関わるのをやめて、すぱっと当面の生活費をふんだくって無関係になっちゃえばいいのに」

　そう時間を置かずに、一銭も入金されない日が来ることは予想できた。けれど、それを阻止するためにはまた嫌な時間を過ごさねばならない。今よりはるかにプライドのない行為に、果たして自分は耐えられるかどうか。

「悔しいけど、なくなったらなくなったときかなと思ってた」

「あんた、まだ自分が置かれた状況がわかってないんだ。耳、明日治る保証ないでしょう。わかる？　令央のそういうところがずっとあたしをイライラさせてきたんだよ」

美利は灰皿に煙草を押しつけて、新しい一本に火を点けた。

「あのね、令央の場合自分はまったく泥を被《かぶ》らないで被害者を気取るんだよ。それってプライドがないんじゃなくてただの下品だって、あたしはずっと思ってきたわけ」

親に反抗しながら仕送りの金だけもらってカラオケボックスに通う大学生みたいじゃないかと言われ、納得した。

「たまには自分の手を汚してみなよ。相手の困る顔見てすっきりしちゃう自分と、ちゃんと向き合いな。同じ土俵に立って金で解決しなさいって」

もらうときは今後一切の関わりを持たないという「念書」を書いて渡してやれという。それで向こうは「たかり」が減ったと安心するからと言われ、耳に入れていた指を外した。

「わたし、『たかり』だったのか」

「立派な『たかり』だったと思いますね」

「あんた、それひどい言いぐさ」

「陰で言われるよりいいでしょう。少しはひとに笑われてごらんよ。そこを越えもしない被害者づらの令央が、作家気取りで小説書いてるのって本当におかしいもん」

美利が水のペットボトルを片手に二階へ上がって行った。

右耳は少し良くなったり、再びぴたりと蓋が閉まったりの繰り返しだ。耳たぶに感覚が戻ったかどうか気になってときどき触ってしまう。触るたび、この耳だけが別の場所にあるような不思議な気持ちになった。澄ました耳の奥に、細かな砂がぶつかる音がする。長く聴いていると心ごと風に運ばれてゆく砂に引きずられそうだ。

美利の鬱憤《うつぷん》晴らしに似た助言はしばらくのあいだ室内を漂って、やがてひとかたまりになり胸に落ちてきた。

たかり、か。

卑しい言葉もあったものだ。まさか自分がそんな人間になるとは思いもしなかった。

一回分の入眠剤だけ取り出して、薬袋をバッグに入れた。自分からは決して掛けないと決めた庄司の電話番号をしばらく眺めて、ひとつ深呼吸をする。画面を消して、入眠剤を飲んだ。

相手の困る顔見てすっきりしちゃう自分と、ちゃんと向き合いな——

労働報酬ではない金を要求するとき、受け取る理由がどうであれ、どんな理屈を持っていようとも、それは「たかり」に見えるのだ。

夜と入眠剤に沈みながら、うっすらと庄司の顔を思い浮かべた。「誠意」という言葉が落ちてきて、思わず笑いそうになる。

そんなもの、自分にもなかった——

# 7

駅前花壇のマリーゴールドが黄色の光を集めていた。土の手入れをしているのが駅の職員なのか近隣の住人なのか、興味を持ったこともなかった。誰が手入れをしていても、季節になれば花は咲く。桜の花が終わった駅前公園に、幼い女の子が走り込んできた。ベンチに男が座る。父娘《おやこ》のようだ。子供がベンチの足下で、虫を見つけたことを報告している。まだ三つになるかならぬかという頃だろうか。

美利にもあんな時間があった。おしゃべりが早い子だ、とミオが言っていた。

六月の入金が一万円になった。

別れた夫が新たな家庭を得る代償として決めた金額が月額五万円。それがいったい高かったのか安かったのか、五万、二万、一万とここ半年で下がり続けた金額で測ってみる。

美利の言ったとおりになったことが可笑《おか》しくて、ＡＴＭの前で記帳した預金通帳をしばらく眺めた。光熱費を美利に負担させていても、どん詰まりは必ずやってくる。やっとわかった。自分は、余所《よそ》の女にくれてやることにためらいがなかった男でも、その女が自分よりはるかに若いことに我慢ならなかったのだ。意地で暮らし、意地で別れた。つまらない男の女房だった令央は、男よりずっとつまらない人間だった。

長く見てこなかった現実が、初夏に開く花の色から跳ね返ってくる。太鼓に似た音で内側から打ってくる心臓は、そんな令央にさらさらと不安の砂をまぶしてゆく。砂が鼓動で跳ねる。

もう、たかりでいいや——

令央はバッグから電話を取りだし、迷わず庄司のナンバーに掛けた。七回、八回、コールを止めずに待った。コールの音に「ちょっとやそっとで死にたいなんて思わない書き手」という乙三の台詞が重なった。太陽がまぶしい。いつの間にか、父娘はベンチから消えていた。

何度鳴らしたか数えるのをやめたころ、耳元でごそごそと何かがこすれる音がして、くぐもった男の声に変わった。

「お世話になっております、庄司でございます」

「いま、入金を確認しました。約束、違いますよね」

「その件につきましては、後日またお願いできますでしょうか」

「後日って、いつですか。この電話で決めましょう」

「あいにく、しばらく時間が取れない状況でして」

令央は息を溜《た》め、マリーゴールドに向けて笑顔を送った。

「寝る時間を削ればいいじゃないですか。今日の夜中でも、わたしは一向にかまいませんよ。なんなら、ご自宅に伺います」

「すみません、そればかりは」男の声に弱気が混じった。

「じゃあ今夜、十一時にマックで待っています。いらっしゃらなければ、明日の朝、職場に参ります」

通話を切った。捨てた女房からの電話を、仕事中に取る方が間違っている。

主体性がないならないなりに、戦う武器は持たねばならなかった。それが弱い立場を演じることでも、弱い相手に強く出ることでも、令央は令央を生きてゆくしかないのだ。いいわけのない日常には、金もプライドもなかった。

さて、と再びマリーゴールドに目をとめた。黄色がこの世に存在しない色だと言ったのは、誰だったろう。この色が何を目的にして誰を騙《だま》しているのか、考えると頭の中にあるカメラが自在に動いてくれるような気がする。信号が青に変わった。ロータリーを回る数台の車が、そろそろと交差点に出てくる。五叉路《ごさろ》では、遠慮しながらでなくては行きたい道へと入ることができない。この探り合いの気配からひとつ飛びしてゆく自分を想像すると、たまらなく愉快になった。

その日令央は、仕事を終えて真っ直ぐにマクドナルドに向かった。徒歩二十分、夜風も羽虫の少ない六月は気持ちが良かった。

指定した十一時に五分遅れ、庄司が店に入ってきた。令央は読みかけの文庫本をバッグに戻し、居住まいを正した。カルシウム補給に頼んだホットミルクが、冷めかけている。今夜はコーヒーがなくてもしっかり目が開いている。日中のように怒りで心臓が波打つこともない。

グレーのテーラードジャケットに黒いコットンパンツ姿の庄司は、入口近くの席に座っている令央に視線だけの挨拶《あいさつ》をしたあと、注文カウンターに立った。

ほどなくコーヒーの入ったカップを持って、庄司が令央の正面に座った。落とし気味の照明の下、若い頃のニキビ痕《あと》や伸び始めた髭《ひげ》や、顔色の悪さが目立つ。

「お忙しいところお越しいただき、ありがとうございます」

「入金のこと、申し訳なく思っています」

「そうですよね。約束とはずいぶん違ってきましたし」

「今月お渡しできなかったぶんは、来月にと思っていました」

「来月には来月の事情がでてくるでしょうから」

庄司は何も言わなかった。来月なんぞ、もうないのだ。今月振り込まれた一万円は、令央の出方を窺《うかが》うためのものではなかったか。

「あんまりお時間を取らせるのも悪いので、用件から申し上げますね」

「足りないぶんは来月ということでご了解いただけないでしょうか」

頭の中に、見たこともない庄司一家の幸福そうな光景が浮かんだ。そこには女房の突き出た腹をなで回す男がいる。実際にあることでもないことでも、思い浮かべた段階でいまの令央には「ある」。

毎日物語を掘り起こし、現実を修正しながら虚構に沈んでいると、目の前に在るものへの疑いが高まってゆく。小川乙三と出会ってから半年、現実と虚構の境目が日を追うごとに曖昧《あいまい》になった。

「砂上」の改稿版は、今日がラストを書く日だった。あと数枚というところを残してある。自分しか知らない結末を持っていることが、令央の心をつよくする。

男が様子見に起こした行動は怒りを連れてくるが、令央に妙な張りを与えてもいる。庄司の仕種を観察することで、登場人物の誰かに使えるのではないかと思っている。

「毎月、という口約束がいけなかったんですね、きっと」

「どういうことでしょうか」男の顔色がいよいよ白くなってきた。

「お約束どおりお支払いいただくというのも、そちら様のご都合でずいぶん難しくなってきましたでしょう。考えればあたりまえですよ。新しい生活に変化はつきものだし、お子さんが生まれるとなれば、元女房なんかにたかられてはたまらないでしょう」

「たかるだなんて、そういうふうに思ったことはありませんよ」

小声で「悪いのは自分だから」と付け加える男の顔をじっと見た。この男は、目の前の人間がもう元の妻のかたちをしていないことに気づいたろうか。令央は慌ててうつむく額めがけて言った。

「たかりでいいんです。ひとの弱みにつけ込んで得るお金ですから」

「そういう言いかたは、やめてもらえませんか」

だから、と令央はできるだけにこやかな表情と声で彼に伝えた。

「百万、まとめていただきたいんです。そのあとは一銭も要求しません」

男の口が「百万」と言ったきり開いたままになった。コーヒーで茶色く変色した舌が覗《のぞ》いた。

実にちまちまとへそくりをする男だった。一度も引き出したふうのない通帳は、今の妻にも黙っていてほしかった。そうでなくては、その懐をあてにできない。これは令央にとってひとつの切り札だ。

「そんな金、あればとうに渡してますよ。別れる際に、ちゃんとあなたに渡してケリをつけています」

「ケリって、なんのケリですか」

「自分がしたことへのケリです」

男は意外なほどきっぱり言いきった。白球を叩《たた》き合う気持ち良さのなか、それでは、と切り出した。

「へそくりの通帳から百万円をください」

なんのことかと問うので、結婚当時通帳を見つけた場所を告げた。そこから女につぎ込んでいる様子もなかったので籍を抜く際も黙っていたのだと告げる。

「今でも、お父さんの形見のキャメルコートの内ポケットに入れてるんですか」

男の眉毛《まゆげ》と右頬がけいれんを始めた。

「そういうことをするひとだとは思わなかった」

恨むなら、こんな女と一緒に暮らした時間を恨めばいい。今朝、一万円しか振り込まれていない通帳を見たときの怒りはなりを潜め、令央の胸の裡《うち》にはもう今夜書くラストシーンが絵となって見える。

男の顔に怯《おび》えが混じった。今日はまだ席を立つ素振りを見せない。こっちは早く家に帰って「砂上」を仕上げたい。男の顔が歪《ゆが》んだ。視線の先があっちへ行ったりこっちに来たり。突然、その目からぼろぼろと涙が流れ始めた。

「もう勘弁してください。毎月、あなたに入金していたのはうちの妻なんです。彼女がどんな気持ちで金を送っていたと思うんですか。自分の幸せを毎月毎月、生活費を削って買ってたんですよ。あの子とやり直したいと思ったこと、全く後悔してません。諦《あきら》めてあのままあなたと暮らしていたときのことを考えたら、ぞっとする。本当にぞっとしますよ」

「こっちは毎月元女房への慰謝料を入金する姿をいちいちあなたに見せる、新しい奥さんにぞっとしてます。立場変われば美談です。わたしの要求も、光のあてかたひとつでいい人情話になりますよ」

そこで言葉が止まった。ああこれが、という思いが令央を通り過ぎた。その思いの、なびく尾を急いで捕まえる。

これが三人称か――

「脅すつもりですか」庄司が声を震わせる。

たかりの次は脅しだった。自分が生きていくために起こす行動にはどうしてこんな言葉がつきまとうのだろう。

「もう二度と関わりたくない。あなたに僕たちの生活を脅かされたくない。百万円、払います。けど、この次からは警察に届けます。そして通帳のこと、彼女に打ち明けます」

払います、ということに胸がすいた。男が流す涙などどうでもいい。泣きたいだけ泣いて、好きなだけ傷に酔えばいい。

三日後の同じ時刻に金を受け取ることが決まった。

マックからの帰り道、庄司と交わした台詞をひとつひとつ反芻《はんすう》した。自分の想像をほとんど超えないやり取りにはがっかりだった。最初からあの通帳のことを言ってしまえばよかった。そうすれば、こんな面倒な手順を踏んで人を見下しながら金にとりすがるような真似をしなくて済んだ。ただ三年前に受け取っていたら、ミオとの関係も離婚後に得た職も、小川乙三との出会いもなかった。自分に起こったことにはなんの無駄もないと思わせる何かが「砂上」にはあった。

体調に自信のないときに会っていたら、男へのもの言いも少しは柔らかだったろうか。けれど、哀れんで欲しいときに得る金はたかりより脅しより惨めだ。

もしもは物語の中にあればいい。脅し、か。令央は夜の道に向かって独りごちた。

それが、どうした——

その日令央は、いつもどおりノートパソコンに向かい、昨日思い描いたとおり視点人物に砂を摑《つか》ませた。

＊＊＊

引き潮の砂丘に立った。金色の砂は乾いており、手に取ると指の間からするすると流れてゆく。力を込めると逃げてゆく砂が楽しくて、何度も何度も手に取ってはきつく握った。握りしめ、この手からこぼれていったさまざまなものを思い浮かべる。六十年のあいだ、必死で積み上げたものを、惜しげもなくミオは崩し、死んだ。

砂丘に波打つ風のかたちを目で追った。足を取られ、よろけながら歩いてゆく母が見えるようだった。

一歩、二歩、光ある場所を目指して歩きだす。

視界いっぱいに、何本もの砂の道が続いていた——

＊＊＊

主人公が手に入れたものが何だったのか、令央にもその実体はわからない。もしかすると主人公にもわかっていないのではないか。この女は母を失い、自分を取り巻くすべてのものに捨てられてようやく何かを掴むことができた。捨てたと言えるほどの主体性もなく、嘆くことのできる感受性も持たず、女がひとり砂浜に転がったひとつの命に戻り、歩いてゆくだけの話だった。

やっとの思いで書き上げたはずなのに、ほとんどが虚《むな》しい作業だったように思えてくる。たったいま砂浜で砂を握ってきたような感触が句点を打った指先に残っていた。

ノートパソコンをアダプターから外し、二階へと上がった。自分の部屋へ入り、明かりを点《つ》ける。布団を剝《は》いだベッドの上には、ミオの遺品が詰まった箱がある。その上に新たに、美利の段ボール箱が重ねられていた。

机の上に、赤い錦に包まれたミオの遺骨があった。格安葬儀場の係員に骨箱カバーの色を訊《たず》ねられた際「出来るだけ派手なやつ」と言ったのは美利だ。

令央は机の横で埃《ほこり》を被《かぶ》っているプリンターに紙が残っているかどうかを確かめた。用紙トレイには二十枚ある。急いで机の引き出しを開けた。手つかずの五百枚を見つけ、セットする。電源を入れると、埃の焦げるにおいがした。

パソコンとプリンターを繋《つな》ぎ「砂上」をプリントアウトし終えたとき、やっと疲れが体から沁《し》みだしてきた。午前三時になっていた。

三日後のマックで、再び庄司と向かい合った。

「柊さん、念書をご用意いただけたでしょうか」

令央は茶封筒をテーブルの上に出した。伸びてきた男の手をさっと振り払う。

「そちらも、ご用意いただけましたか」

男は苦い顔で通勤バッグの中から似たような茶封筒を取り出した。厚みはまったく違う。向こうは一センチ、こちらは四つに畳んだ紙一枚だ。お互いの誠意を信じましょう、と男は言った。

ほぼ同時に、それぞれが出した封筒を手に取る。庄司は取り出した念書に目を走らせ始めた。

『庄司昇《のぼる》氏における、婚姻時の不貞、離婚、妻の名誉等について支払われる約束の金員を、このたび受領する百万円を以《もつ》てすべてとし、今後一切慰謝料もしくは金品の請求をしないことを御約束いたします。柊令央』

いずれ原稿に使うシーンだと思うと、迷いなく書けた。日付は今日のもの。便せんがなかったのでプリンターの白紙を使った。

「それじゃあ、これで」

「柊さん、妻から伝言があります」真剣さが過ぎて芝居がかっている。

「伝言って、なんですか。聞くかどうか、わたしに選択の余地はないんですか。できればこのまま家に帰りたいんですけど」

男が気色ばんだ表情を隠さず畳みかける。

「うちの家庭を壊すのが目的なら、もっとやり方があるだろうと言ってます。ひととしても女としても、あまりにもプライドのない行為だと伝えてくれと言われました。僕も同意見です」

「今度は説教ですか」

不思議なくらい、心が揺れない。家庭を壊すなどという言葉が出た段階で、男の家庭には大きな波風が立っているのだ。貯《た》めたへそくりの存在を明かしたとき、新しい女房は打ち明けた夫になにを思ったろう。ケチとせこさは違う。ケチは生き方、せこさは性分。誰の言葉だったか——

男はいっそう真剣な顔で令央を睨《にら》んでくる。

「正直、柊さんは妻としても女としても人間としても最低だった。料理も掃除も洗濯も、すべて手抜きだった。僕にもひとりの人間としての価値があることを認めようとしなかった」

女としても——そこだけ妙に大きく響いた。

言いたいことはそれだけか。洗わない陰茎を舐《な》めるのを拒んだのはそんなにひどい仕打ちだったか。男として期待していない結婚は、それほどまでに不幸だったか。料理と掃除と洗濯の出来は、いったい誰が基準だ。令央は黙って男の顔を見た。もう、プライドという言葉の意味もよくわからなくなってきた。

「こんなひどいことが出来るひとに、毎日を大事に生きてる人間の気持ちがわかるわけがないと思います。柊さんは、僕たち夫婦にとって悪魔です」

もっと言え、もっと面白い言葉を吐いてくれ。令央は湧いては膨れゆく興味に無理やり蓋《ふた》をする。

「ありがとうございました」

令央は立ち上がり頭を下げ、ゆっくりと元に戻した。男が顔中の筋肉をけいれんさせながら宙を睨み、泣いていた。

人として尊敬できなくても情が湧かなくても、男が令央以外の女とやり直したいと口にしなければ結婚生活はまだ続いた。あの時間を失敗と呼ぶのなら、成功する女の条件とはいったいなんだろう。十年の刻《とき》が持つ価値に令央はふるりと震えた。自分はいつか、この空間を文章にしてしまう。もう何度も言ったさようならを、もう一度言った。応《こた》えない男をその場に残して、令央は店を出た。

男が見せた表情と言葉を反芻しているだけで、彼の生活のおおかたが想像できてしまう。令央にとっての興味が、自分の想像がどのくらい現実に近いかに絞られてゆく。そのくせ実際や実像が想像と逆でもまったく構わなかった。

夜のなかにひっそりと生えた、駐車場ばかりが広いマックの角を曲がった。

帰宅すると、美利が台所でカップ焼きそばにお湯を注いでいた。

「夜食に化学調味料は、喉《のど》が渇かない？」

「うちはビストロじゃないからねえ」美利が笑った。

令央は帰りがけに剛が持たせてくれたベーコンとチーズのサンドイッチを手渡した。

「自宅でビストロの味とは贅沢《ぜいたく》。令央は食べないの？」

「あんまり食欲ないな」

「ひときれくらい食べなよ。せっかくシェフが持たせてくれたんでしょう」

小腹にちょうどいいくらいだった夜食の量が、最近少し増えた気がする。二日に一度耳の調子を訊ねてくる剛の横顔が過《よ》ぎった。バッグに入っている百万円と、サンドイッチと、美利の持つ波のない態度が胸の奥ですれちがう。苦しさを抜けると、吸い込んだ息が自然に出てきた。美利が家にいてくれて良かった。

「さっき、元の亭主に会った。百万でケリつけた」

　美利は「へえ」と喉から気の抜けた音を出した。

「やるじゃん、令央にしちゃ上出来だと思うよ」

「振り込みが一万になったから、思い切ってやってみた。分け前、どうする？」

　サンドイッチと焼きそばを交互に口に入れていた美利が、喉詰まりを起こし拳《こぶし》で背中を叩いている。普通は胸を叩くのではないか。彼女のルールは彼女のものだと、妙なところで感心する。焼酎《しょうちゅう》でつかえを取ったあと、美利が言った。

「あのね令央、分け前って、礼儀だと思って言ってんなら薄気味悪いからやめて。くれるなら借金の返済に使うから全部ちょうだい。そうじゃないなら、あたしをつまんないことの共犯者にしないで」

　マックでのひとときが、もう遠くなっている。悪魔と罵《ののし》ってもらったことで、いい言葉をストックしたような気もする。怯えた目と傲慢《ごうまん》な態度が交互にやってくる男の様子も、想像するのと実際に見るのではやはり違った。

令央は、ラストを書いてから五日間かけて原稿を直し、視点の揺れがないかどうかを確かめた。仕上がった日曜の夜、令央は小川乙三にメールを書いた。

『小川乙三さま

お世話になっております、柊です。書き直してみました』

そこまで打って手が止まる。この原稿で、乙三の言葉が理解できているのかどうかを試されているのだと思うと、送るのが急に怖くなった。

これがもし駄目だったら——

視点の揺れをあれほど気にしたくせに、自分の心の揺れに戸惑っている。乙三はもう令央の原稿など待っていないかもしれない。

電話をかけて、彼女の感触を確かめてからのほうがいいのではないか。送る前に、送ってもいいかどうか訊ねるのが礼儀だろうか。考え始めると、メール添付で原稿を送りつけるということそのものが、ひどく恥ずかしいことに思えてくる。元の夫から金を巻き上げることは恥ずかしくなかったくせに、と怯《ひる》む気持ちを叱りつけ、モニター画面に向かった。

あれこれとメールでいいわけするくらいなら、この時点で原稿を直せばいいことなのだ。乙三の感想というきっかけがなければ直せないところにきていることが、恐怖の理由だった。ここは潔く恥をかく場面なのだろうと腹をくくる。

『お忙しいところ、すみません。

「砂上」を送らせてください。よろしくお願いいたします。柊令央』

心がまた揺れ出さぬうちに、と原稿を添付したメールを送った。日曜はもう終わりかけている。

台所に置いてある焼酎の隣に、お湯割り用のグラスがふたつ伏せてあった。グラスの側面に「Strong」「Regular」「Light」と書かれた目盛りがある。この線で濃さの調節をするらしい。いくら焼酎の量について基準を示したところで、お湯の量は自由に変えられる。一杯分のお湯を沸かしながら、結局は裁量という曖昧さに笑いが漏れた。考えてみれば乙三に送った原稿も、小川乙三というフィルターでしか漉《こ》すことができないのだ。「そうか」という諦めと「だから」という前進とともにあるのはいつも自分への問いだ。なぜこの物語に執着するのかを問えば、答えがでてくる。

「砂上」という物語は、柊令央の生き恥だった。小説として書けていても恥、書けていなくても恥。方向の違う恥を孕《はら》んで、なにかを生んだという実感はある。

八分目までお湯を注ぎ「Regular」にする。

喉に流し込むと心臓の近くを通る際に体の内側がひりついた。美利とはもう、二日会っていない。令央の留守中に仮眠していることもあるというから、顔を合わせる機会が少なくなるのも当然だ。

焼酎が妙に旨《うま》かった。乙三に原稿を送りつけたことの恐怖が少しでも薄れるのなら、と思った。お湯割りは、最近美利と交わした会話に似た味がした。ひりひりとした口当たりも、心地《ここち》好《よ》い刺激だった。

当面なんとか暮らせるだけの金は、プライドを売って得たものだ。いま令央は自分よりも底意地の悪い人間を知らない。

もしも誰かが「砂上」を読んでくれるのなら、柊令央の名前で発表されなくても構わなかった。代わりに恥をかいてくれるなら、大歓迎だ。自分よりも物語が前に出てくれることを、こんなにつよく望んだのも初めてのことだった。

ふと、庄司の家庭はいまどんな状況だろうと想像する。さんざん引っかき回したのだろうが罪悪感はなかった。それよりも見たいものを見た満足が勝っている。金を脅し取られて立った波風が、男と女にどんな変化を見せるのかにも興味があった。男と女が本当に別れると、相手も記憶もただのゴミになる。少しも美しくはない。そのゴミをかき集めて虚構にする自分は、ゴミよりたちが悪いのだった。

湿度が上がってゆく家の中は、暖房を使わなくなってからは冬とは違う冷えがある。気づけばもう、ライラックの季節も終わろうとしていた。

乙三から連絡が来たのは令央が原稿を送ってから一週間後、七月初めの土曜日だった。令央が仕事から戻りひといきついた午後十一時半、携帯電話が鳴った。

乙三の第一声は「おつかれさまでした」だ。これで彼女の反応を待っているあいだの胃が溶けそうな時間が終わると思うと、結果はどうであれほっとする。

「お変わりございませんか。思ったよりも早い改稿だったので、ちょっと驚いています。いかがですか、書き上げたご感想は」

あれもこれも、あなたに報告したいことは山ほどあるのだ、と思うばかりで言葉にならない。三人称で、と言われていながら一人称にした前回の失敗が頭の隅を過ぎる。ひたすら観察者になろうと努めた三人称の出来はどうだったろう。

今回は、書くことで胸の底にあった澱《おり》がより厚くなったような気がした。同時に、他人に対して感じていた距離がいっそう開いた。

乙三からの問いにはいつも、言葉を選んで返しては失敗する。令央はもう、この女に対して卑屈になるのはやめようと決めた。駄目なら駄目で次に走り出したいのだ。いつ来るかわからぬ返事を待つのはつらい。

「特別、感想はないです。これ以上のことはもう、自分では無理かなと思っていたところです」

「アドバイスが欲しいと、そういうお気持ちで送られたんですか」

要約すればそうなるのだろうが、乙三の言葉として耳に入れるとなんとなく違うような気がする。ひとつ沈黙を挟んで返した。

「このお話にしてあげられることが、今の自分にはこれしかないのかな、って。上手く言えないんですけど」

「全力を出し切った、と仰《おつしや》りたい」

「そこまで自信家ではありません」

自信家ではないが、自信がないともはっきり言えない。全力ではあったが、出し切ったかどうかに自信が持てない。まだなにか出来ることがあったのではないか。令央は得体の知れない不安があることを告げた。乙三の声が心地好く耳に入ってくる。

「自信がないと不安にもなりませんから。柊さんにとってはいいことじゃないですか」

「そういうものでしょうか」

「そういうものだと思います」

はぁ、声にならぬ音が喉の奥で縮こまる。

「明日また札幌に参ります。柊さんさえよろしかったらお時間いただけますか」

「わたしは、日曜日は丸一日空いてます」

札幌まで出てきてもらうことはできないか、と問われ大丈夫だと告げる。

「助かります、札幌と江別の往復で約一時間のロスになるので。そのぶん、ゆっくりお話しできるかなと思いまして」

つと令央は携帯を耳から離した。おや、という違和感が胸を横切った。まさかと思い、訊ねてみた。

「すみません、大変失礼ですが原稿には目を」

「拝読はまだです」乙三が即答した。

「明日、移動中にと思っています。改稿版があるようでしたら、いまのうちに送っていただければ助かります」

「いいえ、改稿はしておりません」

「そうですか、では明日の十一時半に、JRタワーのホテルロビーで待ち合わせということでよろしいでしょうか」

札幌駅直結のホテルなら迷うこともない。力の落ちた蛍光灯の下で「はい」と頷《うなず》いた。

「では」という乙三の合図で通話が切れた。

ここは、まだ原稿を読んでもらっていないことにがっかりするところか、それとも乙三に会えることを喜ぶところか、この依存心が彼女を不愉快にさせなかったかを顧みるところなのか。卑屈になるのはやめようと誓った心の端も乾かぬうちに、と情けなく首を振った。

いまはただ、小川乙三とのあいだに原稿を挟んでいることが慰めだった。明日は、投稿では得られなかった生の傷が待っている。落選の傷は自分で出す血の量を決められるが、乙三が持った刃先は、令央に予測のつかない血を流させる。

ふと、美利なら小川乙三と気が合うのではないかと想像した。漏れた笑いのそばに、観察者の柊令央がいた。景色に透ける透明な自分が、ふたりが向かい合ってなにか話すのを聞いている。目を瞑《つむ》ると、現実にはないことが、令央の内側にある広場のあちこちに見えてくる。視線だけの令央が、広場をぽつぽつと散策する。みんな、令央の存在には気づかぬ様子で、話したり笑ったり泣いたりしていた。

翌日、令央は夏用の衣装ケースを開けた。Ｔシャツしか入っていないので、迷うこともない。黒、灰色、紺。ジーンズとＴシャツに、肌寒いときはサマーニットを羽織る。そろそろ電車のエアコンも強くなってきたころだろうか。令央は灰色のＴシャツとジーンズで家を出た。

出がけに美利が起きてきて、どこへ行くのかと訊ねた。

「札幌に出てくる」

「出不精の令央が珍しいことだね」

「お土産、なにか要る？」

「デパ地下の、旨いメロンパン」

実際の美利と原稿の中の美利は、起こす行動が違う。現実のほうが令央に優しい。

窓の外に広がる空の青みが増した。この青も、見たいようにしか見ることのできない虚構に思えてくる。

虚構かもしれない――

ＪＲタワーホテルのロビーに着くと、既に乙三がソファーに座っていた。令央を見て立ち上がった乙三が一礼する。令央も立ち止まり、頭を下げた。乙三の手には「砂上」の原稿がある。

「いまちょうど、拝読し終えたところでした」

「お忙しいなか、ありがとうございます」

天気の話や電車の混み具合、飛行機の揺れについて話している乙三の後ろを、ピンク色のＴシャツを着た金髪女性が通り過ぎた。令央はまだ、原稿について彼女が何を思ったのかをひとことも聞いていない。

乙三が、リネンシャツの袖《そで》をまくり上げ、無表情のまま言った。

「柊さん、もう一度やる気ありますか」

「すみません、どういう意味でしょうか」

「もう一回、書き直す気力は残ってますか、という意味です」

「今回も、ボツということですか」

「前回も言いましたが、ボツはわたしが決めることではありません。常に完成に向けての改稿のつもりでお話しさせていただいています」
指の先、関節の順に力が抜けてゆく。ロビーにひしめく喧噪《けんそう》がふつりと途切れた。今度は両耳が聞こえなくなったのかと思い、慌てて手をあてた。聞こえている、だいじょうぶ。

「どうされました」訊ねるという響きではなかった。

「正直言うと、前回よりもいいはずだと思っていたので」

「当然です。前回より良くなっていなければ、わたしも会うなりこんなことを申しません。柊さんにもしもやる気があるようでしたら、させていただきたいお話がございます。けれどこれを完成稿としたいというお考えでしたら、時間の無駄なのでここで失礼させていただこうかと思ったまでです」

小川乙三はどこまでも小川乙三だった。書いているあいだの令央の気持ちや日々のできごとなど、この間柄の前ではなんのかたちも持たない。乙三は「砂上」の仕上がりにしか興味がないのだ。令央の打った球を確実に返してくるこの壁は、届かなければアウト、引き下がれば試合終了だった。

彼女の声しか入ってこない耳を愛《いつく》しみながら、令央は頷いた。

「お願いします」

「じゃあ、お昼でも食べながらお話ししましょう」

満席に近いレストランに入り、乙三がフロア係に声を掛けた。

「予約の小川です」

この女はいったいどこまでわたしを試すつもりなのか――

予約を入れておきながら、やる気がないなら帰れと言ったのだった。

令央は乙三の背中を見ながら、案内された奥の席へと歩いた。

# 8

防砂林を曲がると、中田島砂丘へ向かう道があった。遠く、砂の向こうに広がる波間では、跳ねる光が細かく砕いたガラスに見える。

——この主人公、まだ母親と自分を客観視しきれてないんです。

砂の上を一歩進むたび、乙三の言葉がつよく耳奥に響いた。砂の景色が少しずつ増すにつれ、海もその幅を広げてゆく。

訪れるのなら、一日でも早いほうがいい。一日延ばせばそのぶん乙三の言葉は遠くなり、取りかかりも遅くなる。なにを焦っているのかと自分に問うてみる。が、こうして再び浜松まで来てしまったからには砂の一粒でも握って帰らねば、という気持ちが勝る。無理を言って土曜のディナーを休ませてもらっている事実も令央を追い立てていた。旅がただの感傷に終わるかどうかは、この二日間で何を摑《つか》むかにかかっている。

夏休み前の砂丘は、まだ観光客もまばらだった。令央は十六のときにミオと連れだって歩いた道を再び歩く。ひとつひとつ、ミオの言葉を思い出す。

視界に横たわる空と海と砂の配分が、少しずつ変化してゆく。のっぺりと一色に見えた空も水平線のあたりは霞んでいた。

記憶にある砂の景色とは違った。十六の頃はもっと海が遠くに見えた。砂の上を長く歩けないほど重たくなった腹が、更に水際を遠く見せた。

記憶のなかでこれほど細かな砂は砂丘にしかなかった。一歩踏み出せば体が吸い込まれ、そのまま砂に埋もれてゆく。感傷混じりの不安は、空と海をことさら美しいものに変えた。

乾いた砂の上は踏みとどまれるほどの引き締まりがなく、歩いても歩いても、前に進む感じがしない。

令央は砂の上を二十五年前に向かって歩いた。

＊＊＊

むくんだ脚のせいでサンダルしか履けるものがなかった妊娠四十週目。砂丘に行ってみたい、と言ったのは令央だった。春に浜松へ移ってから、初めて自ら外出したいと言ったのだ。

毎日ぼんやりとテレビばかり観て過ごしていると、助産師の竜崎豊子がやってきて「少し歩くなり運動するなりしないと、いざというとき力が出ないのよ」と諭してゆく。ミオはといえば、知らない土地でもしっかりと勤め先のスナックを見つけ働いていた。

　助産師の豊子がやってくるのは二、三日に一度、たいていミオが出勤してからだった。手には必ず煮物や炊き込みご飯、漬け物が詰まった器を持っていた。もともと貸家だった家はしばらく空いていて、ミオの事情を聞いて急いで住めるようにしたという。豊子はやってくるたびにぽつぽつと世間話をしては帰っていった。

　もういつ産気づいても不思議ではないと告げられた日、初めて砂丘を見てみたいと思った。ひとりで外出できなくなってからそんなことを言い出した令央に、ミオはあきれ顔で言った。

「いつどうなるかわかんないそのお腹で行くわけ」

「どこでどうなっても、いいよ」

　自分の体が腹を中心にしてここまで重たくなるとは思わなかった。臓物が勝手に動いているのだから毎日気味が悪い。令央の意思に関係なく、体の中を自由に泳ぎ回る生きものがいる。産めば解放されるという考えは日に日に萎《しぼ》んでいった。妊娠後期に入ってからは、進学の遅れを取り戻そうという気力も萎《な》えていた。

「なにが出てくるか、楽しみだねえ」

　ミオがビーチサンダルを砂にめりこませながら言った。体は太鼓のようだが、腹ばかりが重たい令央よりよほどしっかりと砂の上を歩く。浜松の九月は北海道の真夏よりも暑かった。エアコンのない室内でひと夏を過ごし、令央が腹から子供を出すことばかり考えていた数か月、ミオはどこにいてもミオのままだった。

「こっちの店もけっこう面白いんだよ。あたしが北海道から来たっていうと、みんな珍しがってさ。稚内《わっかない》と富良野《ふらの》と函館《はこだて》を一日で観光できると思ってるみたい。地名は知ってるけど、どんだけ遠いかよくわかってないの。そりゃあたしも同じなんだけどさ。それにしたって一泊二日で北海道一周なんて、無理に決まってるよね」

「実際に行ってみればわかるんだから、黙って聞いてりゃいいじゃない」

「さびしいおじさんたちの話を笑い飛ばすからこそ、あたしは人気があるんだよ」

令央の言葉など気にもしないミオは、勤め始めてすぐに人気ホステスになり、秋までという約束をなんとか引き延ばしてくれるよう頼まれちゃったと笑う。

「嫌なこと言う客だって、いることにはいるのさ。けど、よく見てるとさびしくてしょうがない人たちだってこともわかるの。それはさあ、さびしくない人にしかなんとかしてあげられないくらいのさびしさなんだよね。わかる？」

「わかるわけないじゃない」

空と海と砂しかない景色を視界に入れた。水際までは行けそうもなかった。

「のどかだねぇ、令央。なんか、お弁当でも持ってくりゃよかったね」

「朝ご飯食べたばかりだよ。もうお腹空《す》いたの」

「あたしはいっつもお腹が空いてる。あんたが腹から出たあとは、いつも空腹」

「食べ物と生きものの入ってる場所、違うよ。なに言ってんのかわかんない」

「体の中ってことに変わりはないよ。あんたがお腹にいるときは、すんごく楽しかったんだ。産んだらおそろいの洋服を着て出かけようとか、何を話そうとか、そんなことばかり考えてた。赤ん坊なんてすぐに話が出来るようになって、さっさと大きくなるもんだと思ってたしさ」

　日差しと海の照り返しで、なにもかもがまぶしかった。ふたりとも砂浜から生えた蔓草《つるくさ》みたいだ。くねくねと茎を伸ばしながら同じところを回り、太陽に手を伸ばすも容易に上に向かっては生きてゆけない。

「こんなもの、早く腹から出して自由になりたい」

「自由――？」

　ミオが驚いた顔で訊《たず》ねるので、頷《うなず》く。へぇ、とミオが何度も首を上下に振る。

「子供は面白いよ。産もうが産むまいが、女はいつだって自由じゃないか」

　堕《お》ろしたほうが身軽になれると、どうして選択の日にそう思わなかったんだろう。何もかもがミオの笑顔にかすんでいた。令央は体を支えた両手で、熱い砂をきつく握る。

「お母さんは、わたしを産んで良かったと思ってるの？」

「もちろん。その子がまた子供を産んだらこの面白さは延々と続くんだと思ってるよ。

働ける体があればなんとかなるし。あたしはずっと、何度もお母さんになって、ママって呼ばれ続けるんだ」

「竜崎先生、男か女か教えてくれないよ」

「わかんなくていいよ。わかってないほうが最後のふんばりがきくんだから」

金色の砂はあのあたりだよ——ミオの指さす方向を見た。砂丘の入口から向かって右側、一時の方角だ。近そうに見えるが往復すると軽く一キロはあるという。砂の上の一キロは今の体には負担が大きいとミオは言った。

「産んだらその場で、全速力で走って逃げるかも」

「お前のそういうところ、嫌いじゃないんだよね」

ミオが大声で笑った。

＊＊＊

砂の上を二百メートルほど歩いたところで、竜崎豊子と約束した時刻まで三十分を切った。金色の砂にはまだ半分も届いていなかった。

帰るまでにはまだここに来る時間がある。令央はさっきよりも少し広く見える海に背を向けて、風の模様が残る砂地を戻った。不思議なことに、波打ち際に向かうときよりも戻るときのほうが速い。ふと視線を上げると水平線がくっきりと空と海を分けていた。自分のなかで、このふたつは決して重なってはいないものの象徴だった気がする。

背骨から、美利を産んだときの記憶がせり上がってきた。

最後のいきみに、体力がついてくるかどうかというときだった。ミオが、握った手に力を込めて、怒鳴った。

――あたしの子なんだから、なにも考えないでちょうだい。

たしかに、美利はミオの娘になった。母は、嘘をつかなかった。

あたしの子――

助産師と令央とミオの三人で分け合った秘密は、かたく守られてきた。

なのに、さ。令央は波の反射に向かって、ちいさくつぶやく。

「ママもわたしも馬鹿だよねぇ。肝心の美利が知ってたなんて」

歩き出した令央の前に、変わらず空と海と砂がある。観光客がまばらに行き交っていた。令央が存在をまったく気にせずにいた時間も、彼らは次々と訪れ砂丘観光を楽しんでいた。ひとりきりを味わいながら、周囲の人々をないもののように感じていたのは令央のほうだった。

　再び、自分は透明であるような気がしてくる。実体をなくして砂丘を歩く彼らひとりひとりの肩先まで近づきその会話をついばみ、今日の約束、男と女の駆け引き、素直な言葉、ひとり言までを耳に入れたい。五感は視界いっぱいの想像と重なって、もう現実なのか虚構なのか区別がつかない。

これから令央は、ミオに会いにゆくのだった。つい数日前まで、ミオの死を知らずにいたひとに会い、生前のミオを訪ねる。死んだ母親を語ることで、竜崎豊子のなかで死んでゆくミオに会う。

砂丘から出ると、街の景色が開けた。背の低い街並と畑、車と人が視界に入ってくる。令央は駐車場とは反対方向へと歩き出した。防砂林に沿って五分歩けば「竜崎助産院」が、その隣にはミオと半年暮らした家があるはずだ。

日陰らしい日陰もない海沿いの歩道を歩く。記憶は感傷を求めているのに、まだそうした感情の置き場所が見つからなかった。

竜崎豊子は既に助産院を閉めていた。今はときどき古いつきあいのある産院から指名が来るくらいで、のんびり暮らしているのだという。引き戸の玄関からは看板が外され、廊下を進むと物置部屋となった産室の前を通りかかった。令央がそこで美利を産んだ現実も、思い出すそばから脚色されてゆく。通り過ぎた時間に虚構が交じる。あの日視界に入らなかったものを、想像で補った。

庄司から受け取った金に手をつけてやってきた場所で願うことは「砂上」の完成だ

った。散らかり放題の思考が、一本にまとまってゆくときの心地《ここち》好《よ》い感覚がある。快楽に似ていた。

フローリングにリフォームした部屋は、長椅子やテレビ、観葉植物が、ぐるりと壁に沿って配置されていた。初めてここにやってきたときは和室だった。豊子の髪はすっかり白くなっている。そのせいか肌が置いてきぼりを食って、二十五年前よりも若く見える。引退を決めたのは玄関先で転んで太股《ふともも》を骨折したことがきっかけだったという。

「足腰にはわりと自信があるほうだったんですけど。いざというときに走ってお産に行けないようじゃ、産婆として失格だと思ったもんだから。長年ほったらかしにしていた家を直して、今はやりたいようにやっているの」

豊子は丁寧に茶葉を蒸した。少しずつ湯飲み茶碗《ぢゃわん》に注ぎ入れる手の甲に濃い染みが浮いている。薄くなった皮膚には脂気のひとつもない。いつでも眠れていつでも起きられる体なのだと、いつか聞いた。それが仕事のひとつだと笑った顔を思い出した。

「ミオさんが亡くなっていたなんてねえ」

「連絡もせずにいて、すみませんでした」

「ご無沙汰《ぶさた》はお互い様。けれど今どき、六十は若すぎたと思いますよ」

豊子の柔らかな声は、会いたいと電話を入れたときとなにも変わらなかった。勧められたお茶をひとくち飲んだ。苦みの中に、わずかな甘みがある。

「十年以上前だったと思うけど、友人に北海道の旅行に誘われたことがあって。ちょっと抜け出してミオさんに会いに行ったの。そのときに、令央さんがご結婚されたって伺ったの」

茶碗を置いて、頭を下げた。結婚が駄目になったことを伝えると、「そうでしたか」と豊子の眉尻《まゆじり》が下がった。

「おかげさまで美利も二十五になりました。今は地元のカラオケ店の店長を任されています」

「お電話でも仰《おっしゃ》ってましたね、ミオさんの若いころのことを知りたくなったって」

「母のこと、なんにも知らずに四十になってしまいました。ひとりになって静かな暮らしをしていると、これで良かったのかなと思い始めて」

豊子は令央の話にひとつひとつ頷きながら、皺《しわ》に流れる目尻にうっすらと涙をにじませている。罪悪感はなかった。このひとの涙ひとつぶからエピソードが生まれるのなら、と思う。情に訴えているこちら側に、ほだされる情というものが存在しないのだった。

「住みやすそうなお家《うち》ですね。リフォームって、ずいぶん印象が変わるんだと思いました。こんな感じのひとり住まい、あこがれます」

ひとりではないのよ——豊子のひとことは風に流れ、自然に耳に入ってきた。

「いま一緒に暮らしているひとがいるの。そんなことを、ミオさんにお伝えできる機会があったら良かったんだけれど。ミオさんならとっても喜んでくれたろうと思うと、残念です」

一緒に暮らして――言葉が途切れてしまった令央に、彼女はにっこりと微笑んで言った。

「年がわたしの半分だから、令央さんよりちょっと若いくらいかしらね。婦人科の開業医なんだけど、なんの巡り合わせなのかそんなことになってしまって」

「ご結婚されたんですか」

「そういうつもりでいてくれと言われていますけれど、入籍はやっぱり。どう考えたってわたしのほうが先に死にますから。あと何年こんな生活ができるかわからないし」

決断したときに真っ先に思い浮かんだのがミオのことだった、と豊子は言った。その瞳《ひとみ》には迷いがなく、どこかミオの図太さを思い出させる光があった。

今日豊子が語るミオの話には、語り部《べ》の決して短くない人生がついてくる。

「母はなぜ二十五年前、豊子さんを頼ったんでしょうか。わたし、あのときまで浜松に知人がいることも知らなかったんです。母にしっかり聞いていなかったこと、今さらのように悔やまれます」

豊子がひとつ大きく頷いた。窓の外で陽光を遮る葉に視線を移し言った。

「これもなにかの巡り合わせなんでしょうねえ」

慈悲深い笑みに、ほんの少し艶《つや》が漂った。

豊子は立ち上がり、部屋の隅にあった書棚から一冊の本を手にして戻った。白黒の粗い画像の表紙だ。写真集のようだ。『新宿の女』——厚みは二センチ弱で題字もずいぶん古い。

背中まである豊かな髪をなびかせる女の、街角で振り向いたときの表情が表紙に使われている。Tシャツにジーンズ姿だ。声をかけた人間に対して抱いた訝《いぶか》しげな気持ちが、少し反抗的な眼差《まなざ》しと相まって女の生き生きとした瞬間をとらえている。

豊子は茶碗をテーブルの端に寄せて、静かに言った。

「十八歳のころの、ミオさんです」

写真集の表紙に降り積もる沈黙が、どのくらい続いたのか。令央はしばらくのあいだ、振り向きざまのミオを見ていた。まさかここで十八歳の母親に会うとは思わずにいた。先に沈黙を解いたのは豊子だった。

「ゴールデン街のお店を手伝っていたときのものだそうです。あのころの新宿は、家出少女だらけでした。北海道訛《なま》りが抜けなくて、ちょっと開けっぴろげな彼女は、写真家たちが集まるバーの人気者でした」

新宿の雑踏のなかで店の常連だった写真家に名前を呼ばれて振り向いた際の一枚だ

という。触れれば手を払いのけられそうな険を漂わせ、街角で後ろから「ミオ」と呼ばれたときの、家出少女の身の構え。ミオが自分の身を守るものは自分しかないと自覚したのは十代だったのだ。表紙の写真一枚で、はっきりと伝わってくる。

「これを撮ったときに、写真家が彼女のことをとても気に入ったと聞いています」

どうぞ、ご覧になって。豊子に促されても、令央の指はなかなか表紙をめくることができなかった。ひとつ、ふたつ、深呼吸をしてやっと写真集に触れる。

扉には、写真家の殴り書きに似たサインの隣に「ミオへ」とあった。新宿の街を歩く女の肩先と、ふてぶてしく目を逸《そ》らす表情と、歩道の縁石に座って煙草をふかしている眩《まぶ》しげな顔だ。カウンターの中、外国ビールをラッパ飲みする横顔。時間を追って撮られたものらしく、髪が肩まで短くなったり、再び長くなったりしている。大きなイヤリングに濃い化粧かと思えば、素顔でぼんやりと宙を睨《にら》む姿。写真集の中のミオは、レンズの前でなにかを取り繕うことも、良い角度を探すこともしない。写真家がそう要求したのか、それともそんなミオだったからこそ被写体としての魅力があったのか。

ノンブルの横には必ず「ミオ18」「ミオ19」といった表記があった。十八から十九にかけての柊ミオは、警戒心ばかりつよい家出少女から、ほんの少しだが柔らかな女へと変化して見えた。

新宿《しんじゅく》ゴールデン街で働く無名の少女を切り取った写真集は「ミオ20」のページで終

わっていた。

バーカウンターの内側で、両腕をだらりと下げた柊ミオの両目からマスカラを溶かした黒い涙が流れている。

情け容赦ないシャッターの音が聞こえるようだ。こちらを睨みつけ、両目を開いたまま泣く二十歳《はたち》の一枚で『新宿の女』は唐突に終わる。体重四十八キロのころのミオを初めて見た。令央を身ごもった後の体重は、自らの意思で半ば暴力的に増やし続けた結果だったのではと疑うほどに、写真に残る華奢《きゃしゃ》なミオは挑戦的な美しさをたたえ泣いていた。

「二十歳で、終わってます」令央は豊子に目で問うた。

「終わらざるを得なかったんです」豊子が言った。

「これを撮ったひとが、わたしの父親なんですか」

豊子が首を横に振った。なにから答えようかとひとつひとつその頭に並べる気配が伝わってくる。いちど壁際の観葉植物へ泳がせた瞳が、ゆっくりと令央に戻ってきた。

「ミオさんとわたしが知り合ったのは、その一枚が撮られる少し前でした」

助産師の資格を取った豊子は、武者修行のつもりで勤めた東京の産院で、妊娠六週に入った柊ミオと出会った。腹に赤ん坊がいると知ったとき、花が咲いたようというのはまさにこういうときに使う言葉なのだと、豊子自身が驚くほどにミオは喜んだという。そう告げる際の豊子は、変わらず静かだ。

「当時は、結婚していない妊婦の相談相手も仕事のひとつでした。父親がわかっているのかどうか、彼女にはそこから訊ねなければいけないんじゃないかと思ったんですよ。勤め先がバーだと言うし、年齢も身なりもちょっと心配になるような子だったのでね」

取り越し苦労だった——

「すぐに彼に報《しら》せて籍も入れるって、ミオさんそう言ったんです」

今まで気にもせずにいた「父親」が、急に意識の表面へと浮かび上がった。ミオが所帯を持つ決意をした相手は、いったい誰なのか。知ってどうなるものでもないのに、そこを飛ばしては次へ進めない。訊ねてみた。豊子はもう、隠す必要を感じていないのだろう。当時の子が時を経て真実を訊ねに来ても、彼女にはそのしっかりとした記憶をまるごと手渡す準備があるのだった。

「写真家の、助手でした。いつか自分も独り立ちして世界を焼き付ける人間になると、そう言って出かけて行ったそうです」

「失礼ですが、もしかして豊子さんは、その男に会ったことは」

口をついて出た言葉に、父という表現はなかった。

「病院にやってきたときには、もうカンボジアへ発《た》ったあとだったの」

帰国を待って籍を入れるつもりのミオの許《もと》へ、男は戻って来なかった。予定を過ぎても戻らぬ助手を心配した写真家が、八方手を尽くしてやっと手に入れた情報は「行方不明」だった。

「危険地帯へ向かうところまでは、足取りがつかめていたそうなんだけれど。その後、大使館でも空港でも、彼を見た人はいなかったって」

豊子は閉じた写真集にそっと手をのせて、優しく撫《な》でた。

「最後のページは、その報せを受けたときのミオさんだそうです」

令央の前に一冊の写真集に収められた母の二年がある。令央が生まれたいきさつを語る助産師がいて、令央の子を取り上げた記憶も持っている。柊家の女三人を知りながら、もっとも遠い場所に暮らしていた豊子に会わねば、完成しない物語を自分は持っている。

みんな「砂上」だった。物語は、このエピソードなくして完結しなかった。すべての女に無数の物語があるのなら、自分がいま書いているものは、砂丘の砂のひと粒だ。

ああ、書きたい。おかしな欲に取り憑《つ》かれている。

書きたい、早く。

不意に令央の両目からふるりと涙がこぼれ落ちた。無意識の涙はそれだけで令央を動揺させる。ここには、令央の記憶をあっさりと蹴散《けち》らすようなミオの過去が眠っていた。

令央の内側で『新宿の女』の二年が膨れあがってゆく。ミオの青春が悲惨であればあるほど、そのとき産んだ娘が母を探す物語が活《い》きてくるのだった。一人称では豊子の存在を活かしきれない。乙三が言うとおり、この原稿は令央自身を書いてはいけないのだった。

——赤裸々とリアルは似て非なるものです。

乙三は、主人公は血だらけの母の人生を正視できないほど凡庸な女でなければならぬ、と言った。三人称でもう一度、という乙三の言葉を受け入れて、再び「砂上」と向き合うことになった。乙三が、引き延ばした嘘をどれだけいいタレにからめられるか、という表現をしたのを思いだした。

——いいですか、柊さん。現実としては誰も、柊さんの私生活には興味がありません。あなたは芸能人でも政治家でも、有名人でもない。だからこそ求められるのが、上質な嘘なんです。『砂上』は凡庸な視点人物が、打たれ強く立ち上がり、何かを捨てて何かを得てゆく物語です。嘘を吐《つ》く際に忘れてならないのは、己の薄情さに適度な距離を保てるかどうかです。視点人物の感覚に筆が傾くと、脇役の魅力が半減するんです。柊さんの武器は情の薄さです。自分や血縁を深追いしないで済む性分と、他人への興味のなさ。それだけに、物語が運ばなくなると、広い読者を得られません。ご自分の考えを文章にして、更に読まれる書き手になるために、今できることは質の良い嘘を手に入れることです。決して過去の白状と懺悔《ざんげ》ではないんです。そういうお話は、世間に柊さんを知らない人がいなくなってからゆっくりとお書きください。

　午後の日差しが西日に変わりゆくなか、豊子の口からこぼれ落ちる二十歳のミオは、砂丘の砂に似て小さく丸く、豊かだった。

　世界でいちばん好きだった男を、世界の片隅で失い、そのままひとつの世界を終えようとする彼女のお腹には始まりの扉を開く赤ん坊がいた。

「まだ初期でしたから、彼女から相談を受けたときはその選択についてあれこれ言うまいと思っていたんです。若いミオさんには重すぎる生活が待っています。誰も彼女に産めとは言わなかったと思うんですよ」

――誰もミオさんを責めたりしない。だから、よく考えてね。まだ時間があるの。

――豊子さん、何時間かけて考えても、あたしこの子を産むんじゃないかって思うの。

――わたしはできる限りの相談にのる。約束する。いまミオさんは、ミオさん自身のことだけを考えていいのよ。

　そんなやり取りから二か月後、終わってしまったものと始まろうとするものの間で、砂粒にも満たない希望を抱えたミオは一冊の写真集を持って豊子を訪ねてきた。ほんの少しふっくらとした顔を見た際、豊子はミオの決意が感傷ではないことに改めて気づいたという。

「ちょうどその頃、浜松の母の体調が思わしくなくなって。代々続いた産婆の家だったので、わたしも実家に戻る時期が来たところでした」

なんとかこの手でミオの子を取り上げたいと願う豊子の現実もまた、差し迫る問題にふさがれていた。

「ミオさんはこの写真集をわたしにくれると言うんです。写真家のサインも入っているし、こんな大切なものはとても受け取れないと、お返ししようとしたんですが」

けれど、ミオは頑としてこれを豊子に託すと言ってきかなかった。

——豊子さん、あたし自分の人生をそっくり変えてみようかと思うの。この子を産んで、いいおっ母《か》さんになって、今までと全然違うひとになってみたい。だからもらって。お願い。

——ミオさん、違うひとになるって、言うのは簡単だけれど。

——毎日毎日、人に会うのが怖いとか、なにか失うんじゃないかとか、おかしな想像しているのが嫌になったの。びくびくしながら生きるの、やめたい。世界で何が起こっても、なんにも気にしない女になりたい。誰が死んでも泣かない、つよい母ちゃんになって、誰よりこの子にそれを認めてほしい。たとえばあたしが死んでも、泣かないような子に育てたいの。

できる限りの相談にのる、と言ってはみたものの、豊子はミオの恐ろしく前向きになった姿を見て不安を覚えたのだという。

「言い出したらきかない頑固さに加えて、気丈夫なところが心配でした。わたしたちの心配は妊娠経過も当然だけれど、ひとに頼ろうとしない妊婦さんの心の無理なんです。ミオさんの場合、過剰な元気がなにと引き替えにされているのかが解らなかった。わたしもこの仕事が長い者のひとりですけれど、母も祖母も死ぬまで、お産は一期一会と申しておりました」

――じゃあ、これは一度わたしがお預かりすることにする。必要になったときは、いつでも連絡をちょうだい。

迷いながらも写真集を受け取った豊子はミオに、もしかすると近いうちに浜松へ戻ることになるかもしれないと告げた。実家の助産院を閉めるわけにはいかないことを説明すると、ミオの表情がくるりと変化した。

――そうか、豊子さんとあたし、北と南に離れて行くんだね。

――どういう意味？

――北海道に戻ってこの子を産もうと思ってるの。ここで産んだら根無し草のあたしみたいになっちゃう。「新宿の女」が新宿の子を産むのはいや。

北海道の親御さんを頼るのかと訊ねた豊子に、ミオは明るく答える。

――まさか。北海道は広いから、誰も知らない人だらけの街なんていっぱいあるんだよ。落ち着いたら連絡してもいい？

「北海道へ戻るという日に挨拶《あいさつ》に来てくれたの。そのときに、ここの住所と電話番号を書いて渡しました。ミオさんに札幌の産院を紹介したのは、当時の院長先生です」

別れ際にミオは少し早すぎる立ち直りについて、晴れ晴れとした表情で言った。

――ねえ豊子さん、男はみんな死にたがり。そんな生きかたちっとも格好《かっこ》良くなんかないってこと、この子に伝えるの。だからあたしは、この先どんなことがあっても生きる。

戻らない男を待つことは愚かだ、と告げるミオの、そこだけ生き生きと人を吸い込むような眼差しに、豊子もつよく頷いた。二十歳になったばかりの女の子が、どんなことがあっても生きると言いきった。その言葉を信じていればこの先自分も助産師としてやっていけるのではないかと、妙な勇気が湧いたという。

その後、無事に女の子が生まれたとの報告が一度あったきり、ミオからの連絡は途絶えた。豊子もミオのことを気にしつつ、助産院をきりもりする忙しい日々に埋もれていった。

「ミオさんから久しぶりにお電話があったときは、十五年という時間がいっぺんに吹き飛ぶくらい嬉《うれ》しかったの。元気でいると知って、その日荷物の中からこの写真集を出したら、泣けてしまって。きっと、わたし自身も余裕をなくしていたんだと思うのね。母が死んだりひとりで助産院を経営したり、好きなひととは添えなかったり。気づいたら四十半ばを過ぎてたの」

ミオは豊子に「頼みたいことがある」と言った。

「あのときの子が子供を産むから、今度こそ豊子さんに取り上げて欲しいって。産気づいたときに北海道に向かうのは無理よって言いながら、いったい何があったのかと内心穏やかではありませんでした」

――命って増えていくものだってわかったら、なんだか嬉しくなっちゃって。意地とさびしさで令央を産んだ日のこと、許せる気がしたの。あたし、いまさびしくないんだなぁって思ったら、また豊子さんに会いたくなったの。

令央は呼吸を忘れて豊子の話に聞き入っていた。吐いた息が戻って来なくて、いっとき苦しくなるほど、彼女の語る柊ミオは命の塊だった。

いっときの感傷で豊子の話を片付けられなかった。いまの話が真実ならば、令央は上質な嘘でこのお話を完結させなくてはいけない。

「ミオさんは、子供の父親についてはなにひとつ聞いていないと言ってました。だから、わたしも訊ねなかった。ふたりでなにも言わず新しい命を応援しようって決めたんです」

太陽が暮れ落ちる前に告げねばならないことがあった。令央は心を決めて、テーブルすれすれまで頭を下げた。二十歳のミオが、何を捨て何に捨てられても前を向くという生きかたを娘に問うている。たとえ日常が虚構にまみれても、生きかただけは変えられない。変わることがない。ミオは思ったとおりに生きた。

令央は両頬につたい落ちる涙を、バッグから取り出したティッシュペーパーで拭《ぬぐ》った。

「母もわたしも、一度も口に出したことはありませんが、美利は本当のことを知っているようです。わたしたちは母娘《おやこ》でも姉妹でもないのかもしれませんが、母流に言うと、いい関係になってきていると思うんです。それも、母が死んでからのことなんですけれど」

頷きながら聞いている豊子は、ミオの話を始めたときとは違い、決してこちらの涙につられて泣くようなことはなかった。

令央は豊子の反応に——とても小説的なものを感じて——満足した。

夏の空が夕どきの明るさを手放したところで、豊子が懇意にしている鰻《うなぎ》屋から鰻《うな》重《じゅう》が届いた。あらかじめ頼んでおいたものらしいことを、耳に入ってくる玄関先での会話で知る。鰻屋が帰りしな「ご主人によろしく」と言った。豊子が「またふたりで参りますね」と返した。

鰻を口に運ぶあいだ、豊子はぽつぽつと「夫」のことを話した。

「今も、不思議な選択をしたものだなあって思うの。そんなこと考えていると、ふっとミオさんと交わした会話が気持ちの上に広がってゆくのね。他人がどう思うとか、誰が許すとか許さないとか、それってなんだろうって。結局、こんな年まで生きていても、わたしは自分で自分を振り回したことなんかなかった気がするの。かといって、ひとに振り回されていたわけでもない」

お産にはさんざん振り回されてきたのにね、と彼女が笑う。令央も箸《はし》を止め、笑った。

「ゆらゆらと同じ場所で漂いながら生きるのも決して悪くないけれど、人生一度くらいと思ったのよ」

一度くらい——令央は彼女に目で問うた。唇の両端を上げて、豊子は満足げに微笑んだ。

「一度くらい、男と暮らしてから死ぬのも悪くないかなって」

ミオが聞いたら手放しで豊子の選択を喜んだろう。喜びの傍らで、自分の選択も間違っていなかったことを確信しただろうか。

「砂上」の主人公は、やはり視点人物ではなかった。母親を完全に肯定できないと物語は終わらない、と言った乙三の言葉は本当だった。

二十歳のミオは、一度閉じた世界を自分の力でこじ開けた。命があれば次の世界が開けることを、自身の体で証明した。令央は母との記憶が鮮やかになるにつれ、美利を身ごもったいきさつも薄れていることに気づいた。ミオが訊ねなかったことは、令央の身にも起こらなかったことになる。忘れてはいないはずなのに、母親が娘の妊娠をまっすぐ受け入れたことで、物語はそこから始まった。

ミオは娘を産み、その娘がまた娘を産んだ。自分たちは三人揃ってやっと、自分の足で立って歩く女をひとり作ることができた。

「砂上」は、現実にミオが死ぬまで完成しない話だった。

ふと、豊子の話もまた、無意識の虚飾にあふれているのではないかと思った。

「砂上」において彼女が動かしがたい脇役ならば、それはそれで良いことだった。

「一度くらい、っていい言葉ですね」

美利を腹に抱えた日、自分も同じことを考えた。生まれた娘にそっくりな美しい顔立ち、好みの声、誰にでも優しい美術の非常勤講師だった。

「わたしも一度くらいこの男に抱かれてみたいと思ったんです、十五のとき」

男を誘ったのは、令央だった。

ちゃんと認めて、一から「砂上」を書き直そう。決めてしまうと、鰻の味も変わった。令央は精一杯笑みを集めて豊子に告げた。

「母が生きていたら、きっと豊子さんの今を誰より喜んだと思います」

## 9

令央は豊子に会った二日後、月曜日には仕事に戻った。留守中にフロアに立った珠子について、剛の感想は乾いている。

「本人はそうでもないと思ってるようだけど、やっぱり動きは鈍ってる」

ランチの客を迎える前の緊張感は、毎日を流れるように暮らしていたのでは気づけなかった。加えてこの街が持つ空の色が、戻ってみれば妙に懐かしく思えた。

「やっぱり、内地は暑かったか」

「暑いことも暑かったけど、新幹線を降りたら、突きあたりにいる感じがした」

サラダドレッシングを準備しながら剛が顔を上げた。

「どういうこと？」

「景色が四方にのびて行かないの。なんだか三百六十度、どこにでも行けるっていう感じがしなかった。感覚だから上手く言えないんだけど」

砂丘の向こうは、海だった。脳裏に残っているのは鉄路沿いの景色と、炒《い》ったように熱い砂と、海また海だ。今まで、海が行き止まりを感じさせる場所になるとは思わずに生きてきた。一時間に何本もの新幹線がすれ違う土地で令央が思ったことは「閉《へい》塞《そく》感」だった。どこにでも行ける交通網が、却《かえ》って行き止まりを見せたなどと、どんな言葉を使えば説明がつくだろう。

　その日令央は、オーダーミスもなく手際よくランチの時間を終えた。ドアに「準備中」の札を下げて店内に戻ると、剛がアボカドチキンサンドを用意していた。

「これとさっきもらった『うなぎパイ』、二階に持ってってくれないか。ふたりぶんあるから、一緒に食ってやってくれ。俺、ちょっと厨房《ちゅうぼう》でやることあるから」

「直接お礼を言いたかったところなの。ありがとう」

　快く返事をして二階へ上がると、珠子がグラスに麦茶を入れていた。待っていた気配も感じ取れて、それとなく問うてみた。

「剛に、ちょっと令央ちゃんに会いたいって言っておいたのよ」悪びれもせず珠子が答えた。

「わたしもお休みをいただいたお礼を言わなきゃって思っていたんです」

　網戸の向こうから、駅のアナウンスと大型バスのエンジン音が聞こえてくる。風向きのせいなのか、微《かす》かにパルプ工場のにおいがした。珠子が、耳の調子はどうかと問うた。

「おかげさまで、もうだいじょうぶです。ご迷惑をおかけして本当にすみませんでした」

珠子に注いでもらった麦茶はよい香りがし、アボカドとチキンはとても美味しい。

最後のひときれを口に入れたあと、珠子がうなぎパイの包みを開いた。

「どうだった、浜松は。中学を卒業したあとちょっと向こうで暮らしていたんだったわね。お世話になった方、お元気だった？」

「母のことを報《しら》せもせずにいたこと、お詫《わ》びしてきました」

小説を書くために行ったとは言えなかった。

「さぞ残念に思われたでしょうねえ」

「わたしの知らない、母の若いころの話を聞くことができて、良かったです」

要らぬことを言った、と思ったときには既に珠子の眉尻《まゆじり》が上がっていた。美利を取り上げてくれた助産師ということは伝えてあったが、竜崎豊子がそれ以前のミオを知っていることまでは言っていなかった。

「ずいぶん長いおつきあいがあったのね」

「十代で家出をして、東京にいたこともあったそうです。今回浜松へ行って初めて知りました」

今となってはあたりさわりのない、故人の過去をひとつ漏らして逃げた。

「ミオさんは、わたしが想像もできないような苦労をしてきた人だというのはなんとなく気づいていたけれど、そうだったの」

珠子の深いため息に、令央は麦茶に伸ばした手を引っ込めた。沈黙が、少しずつ重たくなってゆく。令央は珠子に呼び出された意味をあれこれと考えながら、この静けさを埋めるための言葉を探り、捨てる。

あのね実は——珠子の視線が令央の眉間《みけん》に据えられた。わずかに身構える。

「できたら令央ちゃんに、剛と一緒になってもらいたいと思っているの」

頭の芯《しん》が重くなった。本気なんだけど、と言う真剣な瞳《ひとみ》に向かって、令央は首をちいさく左右に振った。少し待って欲しいという意味なのか、いきなり直球を投げてくる珠子へ向けてのわかりやすい反応なのか。線引きの曖昧《あいまい》な演技だった。

——小説を書いてるんですってね。

目を瞑《つむ》る。瞼《まぶた》が勝手に動き始める。顔にどんなに力を入れても止まらない。いいと思うのよ、と労《ねぎら》うような口調で珠子が言った。

「とてもいい趣味だと思うの。できるだけ応援してあげたい」

慈悲深い瞳の向こうにはなにがあるのか、令央は精いっぱい珠子を探る。その深い水底《みなぞこ》をのぞき込んでみれば、心地《ここち》好い香りの水はよく澄んで、めいっぱい香りを吸い込めば令央の警戒心を解きほぐす。けれど、令央が息を止めれば途端に水は濁った。

「すみません、ちょっとびっくりしてしまって」

「それはそうよ。一生がかかってるんだから。ただ、令央ちゃんならって思うの。あなたならきっと、剛を上手く操ってくれる。同じ失敗を繰り返すような人だと思ったら、わたしもこんなお願いしないもの」

珠子の放つ無意識に向かって、無理やり微笑んだ。彼女は母親として息子の行く末と商売を大切に思っているのだ。自分たちに欠けたちいさなピースを埋めようと懸命で、切実で、愛《いと》しさに満ち満ちて——溢《あふ》れた愛情が愚かで美しいまっとうなひとりの母だ。

「落ち着き先がうちなら、ミオさんも喜んでくれるんじゃないかと思うの」

手持ちの札を一枚一枚切りながら、彼女は麦茶で喉《のど》を潤す。

「ね、そう思わない？」

令央はうつむいた。ミオが生きていたらなんと言うだろう。

——生きて出来る経験なら、したらいいじゃないの。

軽やかで投げやりな口調まで想像できた。少女時代に飛び込んだ新宿の街で、別れのかなしみも生きているうちと悟った女だ。

「ありがとうございます」跳ねた響きにならぬよう気をつけた。階下に下りなくてはいけない時間が近づいている。返事は急がないと言う珠子だが、この場でなにかしらいい感触を得たいのか、それとも言質を取りたいのか、令央のグラスを名残惜しげに引き寄せる。

「最近よく、中学三年のPTAの後期学級役員をやったときのことを思い出すのよね。ミオさんは他のお母さんたちとはぜんぜん違ってた。なんでも気持ちよく言いきっては、煮え切らない空気を変えてくれたの」

冷茶ポットに手を伸ばす珠子を「水分を摂《と》りすぎると仕事中に困るから」と止めた。

つと、珠子の瞳が令央から外れた。バスの重たい発進音が窓から飛び込んでくる。

珠子の口調は更に穏やかになった。

「学級役員のお母さんたちの、卒業謝恩会の打ち合わせがあったのが三月の初めでね。お別れ会みたいなものだったんだけど。近所の居酒屋に集まったの。ミオさん、お仕事を休んで来てくれて。あの年は、不登校やら万引きやらいろいろとクラスの難題も抱えたけれど、みんな無事に卒業となればそりゃ和やかでね。そのとき初めて静岡に行くって聞いたのよ。令央ちゃんも一緒だっていうから、高校はどうするのか心配だったけど、なかなかそんなことは訊《き》けないじゃない。でも、あのときミオさん――」

珠子の口調が、するりと優しげなものに変わった。

「妊娠してなかったと思うの」

令央はゆるゆると胸奥の自分を立ち上がらせた。こんな、脅しめいた猫なで声に臆《おく》してどうする。すべて知っているから大丈夫、美利のことは承知の上での縁談だと珠子は言っているのだった。令央の口から虚構がこぼれ落ちた。

「わたしも、浜松へ行ってから知ったんです」

黙り込んだ珠子に礼を言って、店へと下りた。みな、自分の好きなように考えればいいのだ。自由に想像しているうちに、それが本当になり嘘になる。真実は残った人間に都合のいいところへと落ち着く。

珠子は自分に残された寿命が息子や令央より少ないことがわかっているのだ。令央は、自分の笑みにわかりやすい感情を求めるのをやめた。遠からず自分はここを去ることになるのだろう。

書かなくちゃ——

その日の帰りがけ、ビーフシチューとフォカッチャを手渡してくれた剛に、天井を指さして訊《たず》ねた。

「相当期待されてるみたいなんだけど。本当のところ、どうなの」

「ほかに心当たりがあるわけじゃなし、仕方ないだろう」

男には、断れば令央がここで働き続けることが難しくなるという発想がないらしい。一度持ったバッグや夜食をカウンター前の椅子に置いた。少し話そう、という提案もこの先の居心地を悪くするが、すべてをうやむやにしての前進もない。

剛が残り三分の一となった白ワインのボトルを出し、ふたつのグラスへ均等に注ぎ入れた。どっちみち一杯腹に入れてから二階に戻るつもりだった、といういいわけを素直に聞いた。椅子をひとつ挟んで、カウンターに座る。剛が腰を下ろした右端の椅子は、常連がシェフの仕事を楽しそうに眺める、この店の特等席だった。

「親の期待って、どんな借金より重たいんだよな。俺、ときどき考える。おふくろが死ぬまで、ずっとこのままでやっていけないかなって」

「どういう意味、それ」

「この店を俺と令央がきりもりしてくれると思い込んだまま、死んでくれないかなって」

「おばさん、どこか悪いの？」

剛は首を左右に振り「ぜんぜん」と言ってグラスを口に運んだ。

「ある意味、健全な息子だよね」

馬鹿にしてるのかと問うので「違う」と返した。

「それって母親が元気だからこそ言える、ただのぼやきだから」

「おふくろの場合、愚痴も同じ内容のが二日に一度だから、かなり面倒だぞ」

「まだぴんぴんしてるって証拠だよ」

「親が死んでも、お前はなんにも変わらなかったな」

「いろんなことが楽になって、いろんなことが丸く収まって、やっと自分でものを考えられるようになった気はするけどね」

珠子は二十五年前の浜松でなにがあったのか気づいている。剛との結婚には令央の過去を不問に付すほどの価値があるのか、それとも過去があるからこそ珠子が姑としてよいポジションを保てるのか。

蓋《ふた》を開ければ自分は、別れた夫から巻き上げた金で取材旅行をするような女だった。十代で子供を産んだということは、良いネタになりこそすれ人に脅されるほどのことではない。令央を取り巻く物語は、汚くも美しくもなかった。

小説を書くという欲に取り憑《つ》かれ、四十という年齢やこの先の生活に対する不安が現実味を失いかけていた。心の痛みを感じない病に罹《かか》ったように、内面が乾いた砂になってゆく。

珠子には、知らぬふりをして令央を嫁に迎えてから、さりげなく口にして主導権を握るという手もあったはずだ。それをしないのは性分なのか焦りなのか、令央にはわからない。

「期待してるの、おばさんだけだから。このまま時間だけ経ってうやむやになってくれるのがいちばんありがたいけど」

「お前も、嫌ならちゃんと断れよ」

投げやりな態度も、照れには見えないのが剛だ。言葉が本心以外の働きをしない。

令央もグラスのワインを少し飲んだ。思ったより辛い。カルパッチョとウニのクリームパスタが合いそうだ。剛は、令央のワインの注ぎ方も最近は姿勢良くさまになってきたと言った。

「お前なら、あれこれ面倒がないのも確かだけどね」

令央はダウンライトを仰ぎ見た。剛がいちばん狡猾《こうかつ》だった。

「豹《ひょう》柄の女とは、どうするつもり？」

男の本気がどこに向かっているのか、考える。原稿に剛のエピソードを入れれば、いい香辛料になるかもしれない。

「わたしとは面倒がないかもしれないけど、わたしが面倒を被るのはごめんだな」

剛がぽつりと「別れた」とつぶやいた。

「また別れたの？」

忙しい人たちだ、と言いかけた令央を、剛が「いや」と遮った。

「亭主と、別れた」

「そのひとがフロアでお盆持って、わたしが解雇される日も近いってことでしょうか」

「そういう話じゃあないでしょう」

剛は面倒くさそうに立ち上がり、ワインセラーの中の少量ずつ残ったワインを選び始めた。そして、いちばん残りが少ないものをグラスに注いでカウンターに戻ってきた。

「無理だから、そういうの。相手が求めるようなものは、なんにも出せない。俺に出せるのは旨《うま》い飯だけ。好きとか嫌いとか、そういうことを言い始めると食い物がまずくなるような気がして仕方ないの。出来あがったもんがすべてだから。毎日時間とカチカチ闘って、味を守って、店を安定させて、親の愚痴聞いて。それ以上俺にいったい何を求めるんだ、みんな」

「みんなって、誰？」

「お前以外のみんな」

女の「楽」と男の「楽」、あるいはそれぞれの「快楽」が、本当に違うかたちをしているのがわかって令央も楽になる。

「お前は、休みをくれとか金が足りないとか、そういうことしか言わないだろう。俺にとっちゃそういう具体的な要求のほうが助かるわけ」

具体的な要求しかしないのは、相手にそれしか求めていないからなのだ。令央も剛も自分しか優先するものがない。誰かのためにという設定をしない段階で、既に自分たちは常識から見放されている。

「面倒くさくないってのは、日々安泰の大事な要素だからねえ」

「あたりまえだ」

なにを今さらという響きに、苦笑いだ。

「おふくろの話は、放っておいてくれていい。ほかのことに気を取られるのを待つしかないんだ。昔っからずっとそう」

「悪いね、なんだか」

「お前、少しも悪いと思ってないだろう」

令央は笑いながら自分の使ったグラスを洗い、磨いて棚に並べた。少なくともこの関係が、今後劇的に変化したり進化したりということはなさそうだ。たとえば今夜の会話を少し趣を変えて原稿に入れ込んだとして、いつか剛の目に触れるときは来るだろうか。

外に出ると、街のはずれに数日欠けた月が輝いていた。令央は、自分はいま欠けた月に向かって手を伸ばしているのだと思った。再び満ちるにはまだ足りない月の光を、嘆きもせずに眺めている。

今夜の自分をいつか大声で笑い飛ばす日が来ますように。珠子が思い描く物語が現実から大きく外れても、彼女が幸福でありますように。剛がいまのまま、令央の鏡でありますように。

その日令央は心の裡《うち》で控えめに手を合わせ、今日得た数行に感謝しながら一日を終えた。

## 10

お盆休みの三日間をつかって、令央は「砂上」の最後のシーンを書き上げた。ここだけは、一気に書きたかった。みな、最後は自分で決めるしかない人間ばかりだ。シーンを変え時間を変えながら、登場人物からは一切の答えを聞けないまま書いた。おのおの、孤独を何に変換するかで進む道が変わってゆく。

女がひとり新宿から出て北海道に戻り子供を産んだ。女の娘も、早くに男を覚えて妊娠し、父のない子を産んだ。そうして生まれた娘が、男と女の両方とつきあえる精神と体を持っていたことも、自然に思えた。「砂上」という物語の上では、なにも不思議がない。この世に「生まれた」というよりも、砂の上に「生えた」と表現したほうがふさわしい女たちだった。縛られるだけの親を持たず、縛るような子を持たず、頼むに足る杖《つえ》も持たずに生きている。それでよしとする己を、せめて自分だけは大事にしてやろうと思っている。

令央は、家を出て行く「妹として育てた娘」に、砂丘の砂を半分渡すシーンでラストを締めくくった。

――あんたと一緒にいられて、本当に面白かった。これはお礼。今のわたしにはなんにもないから。
――あいかわらず、どうにもなんないものばかりくれるよね。
――お互いにね。

女の目の前に「砂上」と名付けた小説原稿の束がある。物語を一本書くために、仕事と男、信用と家族を失った女を描きながら、本当の主人公はその女の母だった。家の外に響く車の発進音に、砂丘で聴いた波音を重ねて「砂上」は幕を閉じる。

令央は三連休の最終日、打ち出した原稿を赤ペン片手に一日がかりで確認し、誤字脱字を訂正した。結果はどう出ても、ひとまずミオの生き方を肯定することはできた。主人公がではなく令央自身が、だ。

これが駄目でも、次を書けばいい。次が駄目でも、自分はきっとまたなにか書く。たとえば乙三がもう一度「砂上」を書けと言ったら、黙って頷《うなず》く。

前回の改稿と違うことといえば、今なら軸足を母親に置いたバージョンも、娘に置いたバージョンも書けるのではと思えることだった。このままでは面白くないからビストロの母と息子を真ん中に据えた話にしろと言われても、その要求に応《こた》えられそうだ。

赤ペンを入れた箇所をすべて訂正し終えたのは、夜の十一時だった。令央は自分の平坦《へいたん》なままの心情が面白く、どうにかこれを文章化できないものかと思った。そんな欲を掻《か》き立てているのも小川乙三だ。

部屋の中をぐるりと見回しながら立ち上がった。きしんだ関節をひとつずつ開きながら大きく伸びをする。台所に立つと、明かり取りの向こうに大きな白い蛾が一匹はりついていた。

左右対称が妙に美しく思えて、その影絵の蛾を眺めながら水を飲んだ。喉《のど》の奥へ、蛾の翅《はね》から振るい落とされた銀の粉を流し込む自分の姿を想像した。想像にはできないことがない。今の令央にとって、それが何よりの拠《よ》りどころだった。

パソコンの前に座り直す。テレビの横に置いたままになっていたペットボトルを手に取った。持ち帰った砂も、古い電灯の下では金色に見えなかった。

砂の丘には行き止まりに似た海があって、目的もなく歩く人間や、陽に焼けたサーファーがいた。孤独に疲れて手に取ったときの、うら寂しさや記憶といった条件が揃ってこそ光る砂粒だった。

玄関前にエンジン音が響き、止まった。美利が帰ってきた。

「どうだった、三連休」

「ずっとここに座ってたよ。そっちはどうだったの。かき入れ時じゃない」

「おかげさまで、今月も大奮闘。疲れきってぼろぼろ」

「睡眠時間ちゃんと取れてる？」

「令央も、目の下真っ黒じゃない」

美利は化粧が半分剝《は》げていても美しかった。少しもかみ合わない会話さえ、頭の隅に「材料」として収納されてゆく。ただ、そんな日常に慣れると、今度は日常が令央から逃げようとするので困った。

「あんたは目の下に隈《くま》があっても絵になるねえ」

冷蔵庫から出した缶ビールを持ったまま、美利の動きが止まった。

「いまの言いかた、ママにそっくり。一瞬生き返っちゃったかと思った」

「そんなに似てた？」

「気持ち悪いくらい似てたよ」

美利はそう言うと、ビールを勢いよく喉に流し込んだ。まっすぐに伸びた白い首と喉の線に「新宿の女」だったころのミオを探す。みんな、孤独が産んだ孤独の子供だ。この先どれだけ血を繋《つな》いでも、自分たちはひとりだった。

飲みおえたビール缶を水道水ですすいで、美利がシャツを脱ぎタンクトップ姿になる。風呂《ふろ》に入る気力も残っていないと嘆く彼女の日常は、人と音とちいさな諍《いさか》いに満ちている。

「ねぇ」令央は風呂場に向かう背中に、長いこと言葉にならなかった疑問を投げた。

「高校生のころからずっと同じところで働いてるけど、なにかほかの仕事を探そうとは思わなかったの？」

「いきなりどうしたの」

「ずっと不思議だったの。あんたがカラオケ店の仕事を続けてること」

「続けないと、ずっと素人のまんまじゃない。とりあえずここで一人前になろうと思ってたら時間が経ってたって感じ」

「その容姿があれば、もっと実入りのいい仕事があったんじゃないかと思ったんだ」

「モデルとか、コンパニオンとか？」

形の良い眉《まゆ》が片方、歪《ゆが》みながら持ち上がった。

「令央は背丈とまあまあな顔があったら、実入りのいい仕事ができると思ってるわけだ。そんな夢のある考えを持って、よくもまぁ四十まで無事に生きてこられたもんだ」

「美利には、まあまあ以上の容姿があると思うよ」

「人間関係でうまくいったためしのない容姿を、どこでどう使うわけ。誰もあたしの言うこと、信じないんだよ。男も女も、どっちも、みんな」

「そりゃ、出会いが悪かったのと違うのかな」

「話になんないね」美利はそう吐き捨てて、風呂場に行った。

令央は、恵まれた容姿が不利になるという現実を想像していなかった。男にも女にも失敗してきたという柊美利の今までとこれからを、年代を追って頭の中に並べてみる。これ以上の作り込みは要らないだろうと思った。失敗をひとつひとつ並べていけばいい。

寝る準備を整えた美利が、廊下のドアノブに伸ばした手を止めた。

「ねえ、令央はいったい何を書きたいわけ？」

「完璧《かんぺき》な作り話って言っても誰も信じてくれないような、リアルな作り話だよ」

美利は数秒間を置いて、少し投げやりな口調で言った。

「それってもう、後付けの実話じゃない」

「それでいいと思うの」

「本人がそう思うんなら、それでいいんだろうね」

美利はその場に舞っている塵《ちり》を床に落とすように静かに言うと、二階へ上がった。

令央は空気の静まった夜の内側へこもり、手直しをして打ち上げた原稿を読み返した。

何度読み返しても、これ以上にもこれ以下にもできない。令央はとりわけゆっくりと、豊子とふたりで砂丘を歩いた日のシーンを読み直す。本当はひとりで歩いてきたのだが、そのときの自問自答をそのまま書くと、一人称のときと同じ失敗をしてしまうのだった。

＊＊＊

豊子が金色の粒が交じる砂を両手でかき集め、乾かしては少しずつペットボトルに詰めた。ぽつぽつと、波の音に紛れながら彼女は昨夜《ゆうべ》と変わらぬ落ち着いた口調で話した。

「目覚めると必ず家に誰かがいるのって、不思議な気持ち。考えてみれば、妊婦さんや赤ちゃんやお母さんを一時的にお預かりする時期は長かったけれど、親以外のひとと今日も明日ももしかしたら死ぬまで一緒に暮らすなんていう経験、初めてのことなのよね」

悔いはないのだと、彼女は言った。言葉そのままを受け取ることにした。こちらから何か言葉を発すれば、そのぶんだけいいわけが多くなりそうだった。砂丘に似合うのは、枯れきろうと最後の水を振り絞って生きる彼女だった。

それでもときどきね——豊子が言葉を切った。寄せる波の際を見ながら続ける。

「ひとりで生きてきた時間が、ひどく豊かだったような気がすることもあるの。赤ん坊の声が途切れて、あの家でひとりで死んでゆく自分を想像していた日々が、とっても贅沢《ぜいたく》だったことに、気づいてしまう日があるのよ」

いまここで豊子を置いて浜辺から去っても、彼女は同じ場所でずっと乾き続ける。

「あなたも、ひとりで生きてゆく決心をしたのなら、それはそれでいいことだと思うの。でも、揺らいだらそこからは、揺れに任せてみるのも大切。じゃないと、欲しいものばかりで却《かえ》って心が貧しくなってしまう。ごめんなさいね、説教じみたことを言ってる」

「いいえ、仰《おつしや》るとおりだと思います」

揺れに任せて生きるということは、そのときどきのめまいに耐えるという意味だろうか。腹の中のものを吐きだし吐きだし、耐えながら刻《とき》が過ぎ去るのを待てということだろうか。すぐに答えを欲しがる卑しさを、砂と一緒にボトルに詰めた。

＊＊＊

夜更け、令央は乙三にメールを送った。
『小川乙三さま
お世話になっております、柊です』
三度目の正直——と打ってからそこだけ削除して続ける。
『原稿を、送らせてください。お忙しいところ、いつもありがとうございます。柊令央』

この物語にとって三百枚が長いのか短いのか、まだわからなかった。自分にはもう、杖も靴も衣服も残っていない気がするのだ。今回の「砂上」は追いはぎに似た凶暴さで令央を丸裸にした。

できればここ数か月にわたる心の移り変わりを、乙三に聞いてほしかった。けれど彼女は令央自身の物語になど欠片《かけら》も興味がない。乙三が令央になにか訊《たず》ねるときは「書けていない」ときだ。令央は祈ることをやめて、原稿を添付し、送信した。手の内にあったものはすべて送ってしまった。裸になって、いっそ爽快《そうかい》だった。

小川乙三からメールの返信があったのは、九月も半ばを過ぎてからだった。もう乙三の反応に怯《おび》えるのはやめたいと思っていた矢先のことだ。

『柊令央様

小川です、お世話になっております。お原稿、ありがとうございました。近日、僭《せん》越《えつ》ながら、拝読したものにわたくしなりの感想や気になる箇所など、ご指摘をさせていただいたものをお送りいたします。一読したかぎりではまだ途上の作品とは思いましたが、ようやくお原稿を挟んでお話ができるところまでたどり着きました。たいへん喜ばしく感じております。いましばらく、次の原稿の構想など練りながら、想像の翼を際限なく広げられ、ご執筆いただきますよう、お願い申し上げます。小川乙三』

令央の視線はしばらくのあいだ「途上」の一語がある文を往復した。これだけやってもまだ途上なのか、という思いに打ちのめされながら「ようやくお原稿を挟んでお話ができる」に胸がざわつくのだ。

自分の丸裸が陰で笑われているような不快感と、いっそ内臓まで見せてやろうかという憤り、原稿を送ったときの凪《な》いだ心持ちも、乙三にゆだねた本願への足がかりも、すべて「途上」のひとことで片づけられていた。令央は乙三からのメールを読み返すたびに浅く皮膚を切られるような思いを味わい続けた。

十月に入ると、夜の空も初雪の準備を始めるようになった。日々「砂上」が遠い景色へと変わり、令央から離れてゆく。熱に浮かされて書いた一本が、解熱とともに去っていったような体の軽さだ。

珠子の脅しめいた縁談は進展せず、令央も敢《あ》えてそこには触れずに仕事を続けている。剛もまた同じだ。誰も何も言い出さぬことで見事な正三角形を保ち、日々を漂う。いま店を辞められては困る者と仕事を失うことを怖れる者の間にある、狡猾《こうかつ》で穏やかな時間だ。

その日、帰宅すると乙三から打ち出し原稿が届いていた。玄関の郵便受けの幅ぎりぎりで押し込まれた封筒には朱文字で「原稿在中」とある。

令央は待ち焦がれていたはずの封筒を茶の間のテーブルに置いたまま、足が痺《しび》れるまで正座し続けた。勇んで開けたい気持ちには重い蓋《ふた》が置かれている。送ってから二か月近く経ったいま、いざその日が来ても再び「砂上」と向き合えるかどうか自信が持てなかった。

宛名の文字が浮いたり離れたりを繰り返し、自分の名前だと思えなくなったところでようやく封筒に手を伸ばした。

A4コピー用紙の束、一枚目に「砂上」と書かれた手書きの文字が現れた。再び対《たい》峙《じ》しようと立ち上がりかけた脚が、たった二文字でぐらついてしまう。原稿には、びっしりと文字で埋め尽くされた一筆箋《いっぴっせん》が添えられていた。

『柊令央様

おつかれさまです。書き上げられてから少し経ちました。もう次のお原稿が佳境に入られていることと思います。お忙しいところとは存じますが、「砂上」について、僭越ながら改善点、疑問点などをご提案させていただきたく、鉛筆を入れたものを同封いたしました。ただ、小説の正解は書き手が作るものと思っておりますので、あくまでもご参考までということでご理解いただき、ご査収くださいませ。小川乙三』

打ち出された原稿は、角が丸まり紙もひどく傷んでいた。表紙に残る鉛筆の汚れのなかには、乙三のものなのか指紋の痕《あと》もある。令央はおそるおそる一枚目をめくった。

途端に、陸の見えない海の上にぽんと放り出されていた。

濃い鉛筆の文字が余白いっぱいに書き込まれていた。体の中のものをすべて吐き出しそうになり、慌てて息を止めた。文字なのか絵なのかわからない。書き込みを理解する以前に、一枚目をめくったことを後悔した。

びっしりと書き込まれた文字にはときおり二重丸を付けて世辞が添えられているものもある。二重丸に喜んだり、そのあとの書き込みに愕然《がくぜん》としたり、心もちは簡単に上下する。いくつかの文章が鉛筆でぐるりと囲まれているものもあった。それらを束ねるようにのびた線が、余白に続いていた。線の先にあるのは恐ろしく辛辣《しんらつ》な言葉だった。

『ことほどかように、柊さんの文章にはひとりよがりな表現が目立ちます。どうかもっと読む側のことをお考えいただきながら書かれますように』

余白の目立つ箇所が文句なしかというとそうではなく、特別に指摘するほどでもないという意味だと気づいた。余白が賛辞ではないことでつく傷には、無視を決め込んだ。いちいち傷ついてなどいられないほど、乙三の指摘には引力がある。

序盤、喫茶店で編集者と待ち合わせるシーンについても、乙三の筆は明快だ。

『気になるのは、編集者が軽薄で器用な男性という設定です。この物語を書かせるのが男性編集者、ということに大変違和感がございました。編集者との接点が少ない方は、どうしてもこの職業を型にはめて考えてしまう傾向にあるようです。視点人物も凡人、編集者も凡人では物語が死にます。現実には、書き手も編集者もそれぞれ重たいものを抱えています。ここは面白くしようという小細工を捨てて、同性の編集者に替えられることをおすすめします』

大きな変更には違いないが、乙三とのやり取りを思いだせば、おかしな迷いは生まれないだろう。彼女を描写すれば、たしかに凡人にはならない。

ひととおり目を通し終わると、午前零時になっていた。

母親ミオが病院へ運ばれる前後の書き込みを何度も読み返した。そこに小川乙三という人間が透ける。

『今回最も変化した印象を持ったのが、この部分でした。二十五年後に金色の砂を求めて砂丘を歩く場面を活《い》かす大切なシーンかと思います。正直、ここが描けない限り活字化もないと思っておりましたが、今回はその懸念がほんの少し薄まりました。ここからは相談です。最終的に書き手の感情《スキル》を手に入れてやっと過去を肯定できるようになる主人公が、自分のことをヒトデナシだと自覚せぬまま、死ぬ間際の母親に浴びせる「ひどい言葉」が欲しいです。いわば、この母と娘の宿命的なすれ違いです。死んでからわかり合えたふたり、という偽善めいた展開に楔《くさび》を打ち込むような、静かで残酷なシーンにしてください。わたくしが大人の書き手に求めるものは、スケールのちいさな話をどれだけ説得力を持って書けるか、ということです。特異なものをあえて特異にしない包容力が欲しいんです。この物語が欲している背骨は後悔でも懺悔《ざんげ》でもないと思っております。どうか、わかりやすい熟語で逃げきることのなきようお願いします。より現実的な表現を求めてゆく際、書き手は善きひとではいられません。もっと母親を罵倒《ばとう》し、まず自分を肯定する一文を入れてください。それが人としての愚かしさだったと気づく主人公の心の裡《うち》を読ませてください。その際に、書き手である柊さんご自身が愚かしさを演じることのなきよう、くれぐれもご留意ください』

令央自身が愚かしさを演じるとは——

物語はその腕から出た虚構だということを忘れるなという意味か。であれば、と天井を仰ぐ。

背筋に嫌な汗がにじんだ。こんな風に途方に暮れる動作をすることで、自分は書き手を演じてはいないだろうか。

思わず顎《あご》を引いた。体や感情を「無意識に作って」はいけなかった。水を飲みに台所に立つことさえ、書き手を演じることになりはしないか。原稿の外にあることがすべて、どこかで読んだかテレビで見たことのある「演技」になってはいないか。頭蓋《ずがい》骨《こつ》の内側をガラス玉が回転しながら走っていた。気を抜くとすぐに引っ張られそうになる。目を瞑《つむ》り、ガラス玉を走り出す前の位置まで戻した。

書き手が愚かしさを演じることのなきよう――その一文を頭に響かせる。

パソコンを起動させた。原稿を開く。一行目からひとつひとつ、乙三の指摘に応えてゆく。具体的な指摘には、即座に応えられる。ひとつの変更が十の訂正を生んでも、目と手と頭がそれを原稿から拾い上げた。

小説を、書くのだ――

＊＊＊

ミオの様子がおかしいことに気づいたのは、冬型の気圧配置が三日間続いた十一月の初めだった。仕事から戻ると、テレビをつけっぱなしにしたまま、こたつで大きな庭石のように丸まっている。いつもならこの時間は、剛が揚げたポテトフライを待っているのに、起き上がる様子もない。

「お母さん、ポテトここに置いておくよ。こんなところで寝るのやめてって言ってるでしょう」

このまま朝まで転がっていられることを考えると気分が悪くなる。煙草の煙と枯れきらない女の体臭が混じるのは、我慢ならなかった。朝、茶の間のドアを開けたときのことを想像し、こたつの脚を軽く蹴飛《けと》ばした。

「ちょっと起きて。あんたにここで寝られたら、朝起きてきたとき臭くてたまんないの。トドの燻製《くんせい》みたいに転がってないで、さっさと自分の部屋で寝てよ」

こたつ布団がもそもそと動く。怒りにまかせてリモコンを手に取り電源をオフにして放った。天板で軽く跳ねたリモコンの、電池カバーが外れる。庭石に似た体が床を這《は》うのを眺めていると、その巨体を思い切り蹴り上げたくなる。

「いくら毎日暇だからって、朝から晩までテレビの前で食っちゃ寝食っちゃ寝、汚いったらありゃしない」

ミオは四つん這いのまま動きを止め、首だけ持ち上げた。化粧気のない目が厚い瞼《まぶた》に埋もれていた。数日前から風邪気味だとは言っていたが、それならばしっかり薬を飲んでベッドで横になればいい。自分から何もせず、心配されることを欲する姿は浅ましい。目の前の母親は女の行き止まりを見るようだ。

ミオが濁った黒目を左右に揺らした。

令央には「悪いの」という言葉しか聞き取れない。なにが、と問い返した。

「具合、悪いの」

「だから寝なさいって言ってるでしょう」

令央は怒鳴り声で近所の年寄りたちが目を覚まさないかと、その先を飲み込み口を閉じた。

ここで風邪などうつされてはたまらない。急いで台所に立ち、水道水でうがいをする。背後で再びミオが這って自分の部屋へ向かう気配がする。みしみしと床が鳴った。庭石が移動するさまを思い浮かべ、うがいの水がぬるくなったところで勢いよく吐きだした。

　翌朝、階下へゆくと手つかずのポテトフライが袋の中で硬くなっていた。どこに向かってでもなくひとつ詫《わ》びを言って、冷蔵庫の野菜室に放る。いずれゴミ袋へと場所を移すだけなのだが、すぐに捨てないことで罪悪感からほんの少し逃げられる。

ミオが起きてきた様子はなかった。いつもなら、既にテレビの前で朝のドラマを観ている時間帯だ。トーストとコーヒー、ヨーグルトを腹に入れて身繕いをしたあと、ミオの部屋の前に立った。

「わたしそろそろ仕事に行くから。具合悪いなら、ちゃんと病院に行ってちょうだい」

ミオからはなんの返答もない。悪臭を覚悟してふすまを顔の幅だけ引いた。部屋の中をのぞき込む。母の寝室は、案の定その体臭でむせかえりそうだった。仕事を辞めてからは毎日の風呂も二日に一度になり、最近は面倒くさいという理由で三日に一度となっている。動くたびに臭うからいい加減にしろと娘に怒鳴られ、ようやく風呂に入る始末だった。

「お母さん、わたし仕事に行くからね」

ベッドの上の塊に向かって怒鳴った。掛け布団の塊から、ゆっくりと顔と手が出てきた。

「いってらっしゃい」

「病院、行ける？　ひとりで行けないようなら、休み時間に一回戻ってくるけど」

接客仕事の前は、家で嫌な言葉を吐かないことに決めていた。そうした決め事はいくつもある。これが離婚した男の言う令央の「息苦しさ」だったが、簡単に反省と改善ができるほど若くはない。かといって開き直るほど老いてもいなかった。

もぞもぞと体の位置を変えながら、ミオが言った。

「病院は、行かない」

「二食も三食も抜くような状態で、医者にも行かないでどうやって治すつもりなの。風邪なのかどうかだけでも診てもらってきてよ。わたしがビストロで働いていること、忘れないでちょうだい」

「ごめんなさいね」

弱々しいが、すこしも悪いと思っていないふうだ。起き上がろうとする母の体が、ベッドの上で一瞬浮いた。数秒、気管や食道、喉の粘膜が一斉に競り合うような音がして、止んだ。体にはもう、吐くものが残っていないようだ。ミオが枕元のティッシュを一枚抜き取り、緩慢な仕草で唇を拭《ぬぐ》った。

「仕事、早く行きな。あたしのことは大丈夫。ご心配ありがとう」

「そんなんだと、嫌でも心配するじゃないの。やっぱりお店に連絡して、今のうちに病院連れて行く」

　行く行かないの問答を二度して、諦《あきら》めた。母の意固地に付き合っていたら日が暮れる。じゃあ、と戸を閉めた。視界から消えてしまうと、するりと自身の時間へと戻ってゆく。母と母の臭気を寝室に詰めて職場へと向かう足取りは昨日とまったく変わらず、令央は病人を家に置いて仕事場に向かうことになんの罪悪感も持たなかった。

　少し心配したほうがいいのだろうか——遅ればせながらそう思ったのは、夜中に帰宅してからだ。台所は令央が出て行ったときのままで、留守中ミオが食事を摂《と》った気配も水を飲んだ様子もなかった。母が一日中布団の中にいたらしいと気づいて、そっと戸口に立った。

「お母さん、具合どうなの。なんにも食べてないみたいだけど」

　声を掛けたものの、中からは応答もない。そっと開けてみる。鼻先に生の内臓を広げたような臭気が漂って、思わず息を止めた。台所に戻り、滅多に開けない窓を開ける。もしかすると母の息が絶えているのではないかと疑った。

「お母さん」

　寝室のにおいが少し薄れたころ、ベッドのそばへと立った。常夜灯のオレンジ色が掛け布団の盛り上がりを照らしている。塊がゆるゆると動いて、枕元に立てかけてあったペットボトルが倒れた。

「おかえり。もう夜かい」

常夜灯の下に現れた母の顔は、頬だけスプーンでえぐり取ったように引っ込んでいる。やつれていてもどこか滑稽《こっけい》だ。

「なにも食べないで薬も飲まないでいたら、死んじゃうよ」

何気なく言ったつもりの言葉に、背筋がふるりと寒くなる。見下ろす母の姿は、道ばたのゴミステーションに積まれた大きなポリ袋に似ていた。

「薬は、飲んでる」

なにを飲んでいるのかと訊ねれば、痛み止めだという。

「吐き気のないときは水も飲んでる。痛み止めが効いているあいだは、眠れるから大丈夫よ」

「痛み止めを飲まなきゃいけない状態がいけないんでしょう」

言ってしまってから、どこが痛いのか訊ねる始末だ。ミオは「あたま」と短く答えた。

「ここ半月くらいずっとひどかったの。だんだん慣れてきたところだったのに」

「そういう状態で炭水化物を山ほど食べてテレビばっかり観て、なんとかしようっていう気にならないんだから。わたしお母さんのそういうだらしのないところ、すごく嫌なんだよ」

ミオが体を揺らしながら笑った。

「あたしもお前のそういう説教垂れ流すところが嫌いなんだから、ちょうどいいじゃないか」

室内から饐《す》え臭さが去り、母の頭から漂う皮脂のにおいへと変わる。

「なんでもいいけど、調子のいいときに体を拭《ふ》くか頭を洗うかしないと、臭くてかなわない。熱いタオル持ってくるから、着替えを出しておいてよ」

ミオはベッドの上に起き上がり、珍しく「ありがとう」と素直に頷いた。

台所へ行き、窓を閉めた。ストーブの火も追いつかないほど、冬の夜気が床に溜《た》まっていた。ガス湯沸かし器のスイッチを入れて湯を溜めタオルを絞ったものの、思うほど熱くならない。冬場にぬるいタオルで体を拭くのもためらわれた。結局五本のタオルを電子レンジで温め直し、洗面器に入れて母の寝室に戻った。

体を拭いているあいだ、ミオは妙におとなしかった。いつもは娘のどんな言動にも辛辣なもの言いをするのに。心配した素振りを見せた途端、ぽつりと言葉が漏れ落ちる。

「いつもこんな娘だったらいいのにさ」

「だったら、いつもこんなふうにしてもらえるような、できた母親になりなさいよ」

「四十女が、つまんない口答えをするんじゃないよ」

母の体の、折り重なる肉のあいだに無理やりタオルを入れた。擦《こす》りすぎて皮膚が赤くなっても、この暗がりでは確かめる術《すべ》もない。蛍光灯の下で母の体を目にするよりは、手探りのほうがましに思えた。最後のタオルを頭に巻いて、少し蒸れたところで頭皮を拭く。両手で頭を挟み前後へ交互に動かすと、ミオがちいさく「痛い」と訴えた。手を止める。

「まだ、頭痛いの？」

「触ると痛い。薬飲まなくちゃ」

「何度も言うけど、病院行ってくれないかな」

ベッドの上に置かれたシャツとトレーナーを着せながら、朝より少しつよく言った。ミオが「そのうち」と返す。

「頭痛っていろいろ原因あるでしょう。吐き気があるならなおさらじゃない。さっさと診断してもらってよ」

「だいじょうぶよ」

娘に体を拭いてもらわねばならぬような状態で大丈夫と言われても、さっぱり説得力がない。

「若いときからずっと、頭痛持ちだった。頭の痛くない日なんて数えるほどしかなかったし。なんでも、慣れるんだよ」

タオルの入った洗面器を持った。ミオは枕元に転がっていた錠剤のシートから、五錠取り出した。

「ちょっと、それって一回二錠じゃなかった？」

「このくらい飲むと、少し眠れるんだ」

死んじゃうよと言いかけて、言葉に詰まった。

「毎日、毎晩、ずっとこうだった。ここんところ少し痛みがひどくなってきたんで量を増やしただけ」

「ずっと頭が痛かったなんて、聞いたこともなかったけど」

「言ったことないもの。もし聞こえてたら空耳か、お前のほうがおかしいよ」

部屋を出ようと戸口に近づくと、ミオが小声で「ありがとね」と言った。

「ああ、少し効いてきたみたいだ。こんなときに横になると、すごくいい夢が見られるんだよね。ありがたいねえ」

つと足を止めて、どんな夢なのか訊ねてみた。

「幸せで幸せで仕方ないっていう夢。あんまり幸せで、困ってる夢」

「いったい何がそんなに幸せなの？」

「それがわからないのさ。ただ、ずっと自分は幸せだと思い続けてるんだ。夢のなかの自分に訊いてみたいくらい、理由なんてわかんない。思っちゃってるんだから止められないよね」

　母と、幸せなどという言葉を挟んで会話をする日があるとは思わなかった。ストーブの火力が少しずつ部屋に暖を戻してゆく。ミオの寝室は、もうしばらく戸を開けておいたほうがいいかもしれない。

　その夜が、ミオと言葉を交わした最後になった。翌朝、令央が様子を見に寝室へ行くと、いくら呼んでも動かない。ベッドの上に横たわる母は、揺り動かしても反応がなかった。

　運ばれた病院の一室で、令央は医者が言うことをひとことずつ区切りながら胸に落とし込んだ。

「耐えられるような痛みではなかったと思います。昨夜まで意識があったことも不思議です」

　できものが脳に圧をかけていたと言われても、よくわからなかった。

「市販の痛み止めを飲んでいたようなんですけれど」

「そんなものを五錠や十錠飲んだところで、抑えられるようなものじゃないですね」

「いい夢が見られるんだって、言っていました、昨夜」

つと漏らした。医者の眉間に深い皺が寄る。

「もう、どこが痛いのかわからなくなっていて、意識も朦朧《もうろう》としていたんじゃないですかね」

二日間自発呼吸を続け、ミオは逝った。

病室でミオの死を待つあいだ、命を終えようという姿を横目で見ながら、令央は「砂上」と名付けた小説を書いていた。永遠に心が交わることのない母と娘の物語だった。

令央も美利も、火葬場のロビーがガラス張りだったことも知らずにいた。初めて入った建物は妙に清潔で、いたわりも優しさもかなしみも漂っていない。窓に近いふかふかとよく沈むソファーに座って、どこまでも広がる冬空を眺めていると、このままお茶でも飲んで帰宅していいような気持ちになってくる。

美利が自動販売機のブースから飲み物を買って戻ってきた。はいこれ、と差し出された紙パックを受け取った。

「なんでコーヒー牛乳なわけ」

「ママ、これ好きだったじゃない」

なるほど、とストローを挿し込む。美利がひとりぶんのあいだをあけて、ソファーに座った。黒いパンツスーツと黒のタートルセーターは、手足の長い美利によく似合っている。お互いに、首にかける真珠など持っていない。自分たちがお骨を拾わねばならない人間がこんな身近にいたことも、今ごろになって知ったのだった。涙の代わりに装う真珠も本物の涙もないまま、ミオの亡骸《なきがら》が燃えている。生きているあいだは通ったこともない豪華な大理石のドアの向こうで焼かれている。

「ママでも死んじゃうんだなあ」

美利がぽつりと言って、紙パックが空になったのを確かめるように振った。令央は「うん」としか答えられない。どうやったら、この景色を曲げないで覚えていられるか、そのことばかり考えている。

美利が「ねえ令央」と言葉を切った。尖《とが》った彼女の膝《ひざ》に視線を移し、次の言葉を待つ。

「あんまり、かなしくないね」

「うん」

「死に目に会えなかったこと、令央にお礼言わないとって思ってた」

「ごめん、そこまで気が回らなかっただけなの。あぁ死ぬんだ、って思うだけで。あとは、シェフに事情を話して仕事休む相談して終わり」

「令央らしいよ。でもあたしも正直、呼ばれたところで取るものも取りあえず駆けつけたかどうかわかんないんだ。迷う自分を後からどうこう思うくらいなら、良かったんじゃないかな」

――美利、さっきお母さんが死んだ。

――なんで死んだの？

――頭におおきなできものがあったみたい。

ミオの呼吸が止まったあと、看護師から少しのあいだ病室から出ているようにと言われて初めて美利のことを思い出した。病室を告げると「わかった」とだけ返ってきた。令央も美利も、母の死を表だって嘆かなかったし、それを別段悪いことだとも思わなかった。今までのことの申し開きをするように嘆きかなしんで見せる相手もまた、いなかった。

「様子がおかしいことに気づいたのが病院に入る二日前だったから。入院したときはもう、意識もなかったの」

「ママらしくて、いいんじゃないの」

「うん」

ミオがこの世でかたちを失ってゆく刻を、灰色の空を見ながらぼんやりと過ごす。雨の去った空に、厚い雲が残されていた。

「骨上げまで、二時間ちょっとって言ってたよね」

「思ったより早いもんだね」

美利の素っ気なさにほっとしている。

結局、早い遅いはそれぞれの物差しでしかなく、火のなかにある母の亡骸は、二時間あまりで灰になる。

「ママ、苦しそうだった？」

「具合悪そうなところを見たのは二日くらいだった。病院に行けって何度か言ったんだけど、ああいうひとだから」

「無理やりひっぱって行けるような体でもないしねえ」

「逆にこっちが引きずられるよね」

「本人が行かないって言うんだから、いいんだよそれで」

「痛み止めを飲んでると、いい夢が見られるんだって言ってた。自分が幸せで幸せで仕方ない、あんまり幸せで困ってる夢だって」

「なにがそんなに？」

「それが、本人もよくわかんないらしいの」

意識が薄れそうになるほどの痛みの中で、脳内のなにかが最後に「生きてきた褒美」をくれたのかもしれない。生命に宿る神は、ひとりひとり違っていい。本人が幸せを実感しているのなら——たとえ意識の混濁《こんだく》のせいだとしても——それでいい。

ミオは幸福感のなかで目覚めぬひとになったのだと思いたかった。令央は、自分たちの秘密に、今度こそ重たい蓋《ふた》をした。これで、いま自分が書いている物語は「フィクション」というジャンルでくくられる。物語にとって、母の死はよい前触れのような気がしていた。

「令央は書類とか手続きとか、そういうの駄目だったよね。車もないし、動き鈍いもんね」

「頼んでもいいかな」

「いいけど、あとで文句言わないでね」

美利はスマートフォンを取り出すと、とりあえずＬＩＮＥを繋いでおくと言う。両手に通信機を持って令央にはわからぬ操作をしたあと「はい」と言って返した。

「セキュリティもなにもあったもんじゃないね、令央のスマホ。あんまり高度な使いかたをしないほうがいいよ。連絡はこのＬＩＮＥに入れるから」

「ありがとう」

十六歳離れた妹は、令央よりはるかに生活力がある。独立心も気もつよくて、本気で怒ったらミオさえ黙りこむほど理詰めでものを言う。

南側の空に、一箇所だけ光る穴が出来ていた。ひとすじ、スポットライトに似た角度で地上に光を落としている。令央の視線を追った美利が「あぁ」と妙に感じ入ったため息を漏らした。

「映画とかドラマとかだと、ああいう空の穴に向かって魂が吸い込まれて行くんだよね」

「現実はどうなんだろうね」

「死んだことないから、わかんないね」

美利は身も蓋もない自分の答えに満足したのか、けたけたと笑った。

令央が美利とこんなに穏やかに長く話をしたのは、彼女が生まれてから初めてのことだった。二十四歳になる妹の、頼もしい横顔に礼を言った。

＊＊＊

ミオが死ぬ場面について、乙三は「そのときの姉妹の様子を書き足してください」という指示を出した。令央は火葬場のシーンを書き加えることで打ち返す。

諍いの多かった関係が、母の死によって過去があきらかになるにつれ、氷解《ひょうかい》していった。どこにでもある話だが、ラストにたどり着く過程と切り口はみな違う。百人いれば百通りの迷いがある。自立とはほど遠い主人公が、母の過去を切り取り、娘の生き方を受け入れる。最後に残ったものがたとえこの身ひとつでも、自分の足で歩いてゆく。

次は、編集者を男から女にする、という課題と向き合う番だった。流れはこのままでもいいという。ただ、編集者とのやり取りのシーンになると必ずそのシーンごと鉛筆で囲んであった。

『わたくしの知る限り、男性編集者はこのような言葉を使い、自信を持って女性の書き手を煽《あお》るようなことはしません』

「砂上」という物語を嫌悪感なく読み、許容できるのは女性編集者であろうと彼女は書いている。男性編集者にしかできない仕事もあるが、こと、この物語においては男には無理だ——そう言いきるだけの自信が乙三にはある。

『彼らにはひどく健全な欲望があります。欲望の所在が曖昧《あいまい》な柊さんの感覚を学習的にわかることは出来ても、理解するのは無理です。わたくしは柊さんの書くお話で、主体性のない人間には嫌悪という感情も薄いということを確信しました』

令央は「ただの興味で原稿を見てくれている編集者」を自分よりも五歳年下の女性にした。物語としてはそこにひとつ嘘がなくなるわけで、虚構の衣を欲している令央としては喜んでいいことなのかどうかわからない。けれど細い頼みの綱が彼女だけとあれば、必死でそこにすがりつくしかないのだった。

令央は小川乙三に出会ったときの台詞をひとつひとつ思い出し、原稿に滑り込ませた。不思議なもので、彼女の言葉は頭の中の棚にみごとに整理整頓されて並んでいた。

乙三曰《いわ》く「個人的な興味」で完成を楽しみにしている原稿だった。「砂上」は、ひとりの女性編集者との出会いによって、何度か改稿を繰り返す。令央は無名の小説書きが味わう嘲笑《ちょうしょう》を、萎《な》える心を引き絞りながら書いた。乙三の書き込みが本文に入ることもある。

「作り物を意識するのであれば、ガラスのコップを割ったシーンでさえ、書き手の脳内のコップは模造でなくてはいけません」

乙三の指摘はしばしば観念的な箇所があり、令央を悩ませた。

おおよそ半月のあいだ、令央は仕事以外ほとんどの時間を乙三の指摘を理解するためにつぎ込んだ。出てくる編集者を女性に書き替え、服装から話し言葉まで変え、「ことほどかようにひとりよがりな表現」を削ることに神経を遣った。いくつか気に入った文章を削《そ》いでみた。「気に入って」いることが問題なのだった。

改稿が良い方向へ向かっているのかそうではないのか、いつのまにか令央の不安は最初の原稿を送ったときと同じところへ戻ってきた。原稿を整え終わった日、いつも穿《は》いているジーンズがひとまわり大きくなっていた。鏡を見れば、顔も少しちいさくなっている。そのくせ瞳《ひとみ》は妙に光り、おかしな具合だ。

今日こそ送ろう、と思いながら三日が経過した夜だった。冷えた空気がいっとき弛《ゆる》んだ帰宅の途中、目の前に大粒の雪が降ってきた。明日の朝までにけっこう積もりそうな気配だ。雪の到来は、令央に「もういいだろう」と言っているようだった。

茶の間で焼酎《しょうちゅう》のお湯割りを飲んでいた美利が、帰宅した令央を見て眉間《みけん》に皺《しわ》を寄せる。

「令央、痩《や》せた？」

「少し減ってるかもしれない」

「体重計乗ってないの？」

「もう何年も乗ってないな」

「ずぼらもそこまで行くと、たいしたもんだ。体調悪いんじゃなけりゃいいけどさ」

そこは大丈夫だと答えた。美利は柿ピーを口に放り込み、うがいと手洗いをする令央に「ねえ」と話しかける。

「そろそろママが死んで一年経つけど、なんかやるの？」

「なんかって、なに？」

「一周年とか、そういうやつ」

「一周年だとお祝いになっちゃうよ。死んだひとの場合は一周忌だよ」

美利は、けたけた笑いながら「ママならお祝いにしてあげたほうがいいよ」と言う。

「お医者さんが、普通は我慢できないくらいの痛みだって言ってたからね。それが終わったんだから、確かに喜んであげてもいいのかもしれないねえ」

「あたしたちくらいは、ママの一生を面白くしてあげてもいいのかもよ」

一杯作ってくれと頼んでみた。美利は機嫌良くお湯割りグラスに一刻者を注ぎ入れた。

「令央、なんか最近いい感じだよね」

「なにが？」

「いいわけしなくなった」

「そりゃどうも」

「でも、ちょっとママに似てきた」

手渡されたお湯割りをひとくち飲む。悪い気はしなかった。「砂上」という虚構のなかでミオを再構築してからは、彼女もその一生をかけて通し続けた筋があったのだと思えるようになった。「生き残る」ということの意味を、お湯割りの表面に浮いたグロスのマーブル模様を追いかけながら考えた。

原稿は、今日のうちに送ってしまおう。

「美利、雪が降り始めたよ。明日には積もってるかもしれない」

「タイヤを交換しておいて良かった」

美利が小袋の柿ピーを差し出した。外から雪の積もる音が聞こえてきそうだ。酒で温まりかけた体が心地《ここち》好い。つと、美利の素顔に視線を留めて言ってみる。

「あの車で、いっぺんどこかドライブに連れてってよ。新しくしてから一度も乗せてもらったことなかった」

どこへ行きたいのかと問うので、高速道路の終わりまで、と答えた。高速道路に限らず、終わりの景色というのを見てみたい。

「道北？　道南？　それとも道東？　いまはだいたい繋がってるから、朝出たら昼ご飯は行き先で食べられるよ」

「いちばん遠いところって、どこ？」

美利は少し視線を浮かせて「道東かな」とつぶやいた。

「夏なら飛ばして四時間くらいかな」

「夏か。いいね」

いつの間に、自分たちはこんな会話ができるようになっていたんだろう。

雪のせいか――

ミオを火葬した日の、雲間から射した光の柱を思い出した。

「令央さ、やっぱり変わったよね」

何がどう変わったのかと訊いてみる。美利は数秒置いて「雰囲気」とつぶやいた。

ふたり黙り込むと、降り積もる雪の音が聞こえた。

## 11

小川乙三から連絡があったのは、十二月も半ばを過ぎてからだった。

『企画が通りました。四月の前期に『砂上』を出版します。この先当社にてさまざまな部門が動き始めます。これから少々お願いごとが増えると思いますが、どうかよろしくお願い申し上げます』

メールは相変わらず簡潔だ。

新人賞の応募原稿として書いた「砂上」から、実に四年の月日が経っていた。令央は「出版」という現実をうまく受け止めることができない。希薄な感情のせいばかりでもなさそうだ。既に、この物語に対する興味を失っているとしか思えないのだ。

デビューという言葉を何度読み返しても、実感が湧かなかった。進行表は徹底して乾いた箇条書きだ。

著者初校ゲラチェック　一月末
著者再校ゲラチェック　二月十五日
発刊予定日　三月三十日

その三行に含まれるあれこれも、この先三か月あまりのあいだに令央がなにをすればいいのかもよくわからなかった。乙三のメールには「なにかが動き出す」ことが記されているのに、こちらはもう「動きを終えた」感覚しか残っていない。

夜更けに帰宅した美利に報告する。美利は令央が不愉快になるほど大笑いした。

「なんか、笑っちゃうよね。ここ半年くらい、顔つきは変わったけど相変わらず人の話を聞いてないし、いっつも頭の半分がどっかいっちゃってるなとは思ってたんだけど。まさか本当に作家になっちゃうなんてさ」

「本を一冊出したくらいじゃ、作家だなんて思わないらしいよ、あのひとたちは」

「あのひとたちって、誰」

「編集者」

美利は「へぇ」と頷《うなず》き、「そりゃ意外だわ」と続けた。一年前なら、令央自身も「意外」と思ったに違いない。小説を書いていれば自称であろうがなかろうが作家で、そこがひとつの到達点だった。小川乙三は一年かけてことごとくこちらの期待を壊し、夢見る条件を取り払っていった。なおも続きそうな夢の崩壊を予感させ、乙三の身も蓋《ふた》もない言葉ばかりが令央の内側に積もっている。

——日本には約五百人の文芸作家がおります。けれど、小説だけで生活できているのはそのうちの五十人です。

――ほかの四百五十人はどうやって生活しているんですか。

――仕事を続けながら書かれているひとも、配偶者に養ってもらっているひともいらっしゃいます。そこは男女、関係なく。

――小説を書いて生活するって、そんなに難しいことなんですか。

――人によって違います。たくさん書いて、連載を掛け持ちする方、一年に一冊書き下ろしでしか出さない方、さまざまです。売れる売れないは、ひとつの博打《ばくち》です。小説を書いていない小説家を無職とは呼びませんが、本人のあずかり知らないところで明確に分けられてゆく業界でもあります。

乙三にそう言われてしまうと、もうこちらからはなんの言葉も出てこなかった。

「一冊目は、まぐれってことだよ」

「ってことはさ令央、二冊出せばまぐれじゃなくなるってことでしょ」

美利の軽やかな言葉に乾いた笑いがもれた。

「三冊出したら、名乗れるかね」

「自称作家なんて、うんざりするほどいるじゃない」

祝いというのじゃないけどさ――美利はコンビニの袋から梅酒ソーダを二本取り出し、一本を令央に差し出した。

「乾杯しようよ」

受け取り、ふたり同時に喉《のど》に流し込む。

「カラオケボックスも毎日が忘年会みたいな時期だから、年明けまであんまり帰って来られないかもしれないけど。本が出るのは春なんでしょ。ちょっと落ち着いたらちゃんとお祝いしてあげるよ」

欲しいものはないのかと訊《たず》ねられ、素直にあれこれと考えるもののなにも思いつかない。自分の体からほとんどの欲望が剝《は》がれ落ちた気さえしてくる。思わず「ないなぁ」とつぶやいた。

「令央はさ、そのまんまでいなよ。まだ先は長いんだろうし。はっきり言っちゃえば先のほうが長いんだろうしさ」

言葉を換えて乙三に言われているような気がしてきた。ふたりが顔を合わせたら、どんな会話が生まれるだろう。あぁ、とひとりごちる。そんなことは、自分が書けばいいのだ。虚構を、存分に操ってゆけばいい。

美利が冷蔵庫から瓶詰めのらっきょうを出してつまみ始めた。令央は改めてその姿を見ながら、なるほどと思う。

――この子は、ママが死んでもわたしが死んでも、泣かない子に育ったんだ。

「砂上」はしっかりと砂の上に着地し、着地の衝撃は砂に吸い込まれた。目を閉じれば、金色の砂丘が広がっている。

誰もが死に向かってひたむきに虚構を歩く。それはミオも、美利も、令央も同じだった。

「ねえ美利」

らっきょうをしゃりしゃりいわせながら、美利がこちらを向いた。令央の胸に、いま初めて愛《いと》しいものを発見したような喜びが満ちてゆく。

「あんたのこと、書いていいって言ってたよね」

「どうせ嘘でしょ、なに書いたっていいよ。本当なんてわかりっこないし」

なにがわかり合えたわけでもない。けれどたしかに、自分から生まれたものの存在を感じ得た瞬間だった。

「あんたがうちの子で良かったよ」

美利がこもった笑いを放ち「なに言ってんの」とまたらっきょうを口に放り込んだ。

一年が終わる。あれもこれも、思い出せば腹が立ったり笑えたり、不思議な色を放ちながら時間に埋もれていた。

雪解けに加速がかかった三月末、表紙のついた『砂上』が十冊送られてきた。著者見本というらしい。表紙には絵なのか写真なのか、ちょっと見ただけではわからぬ砂と空があった。風紋を描く砂の上に、ぽつぽつと足跡がある。姿は描かれていないが、砂上を歩く女のちいさな足を想像した。

令央は、十冊のうちの一冊を美利に、もう一冊を珠子に渡した。しかし令央には、「休みをもらったり体調を崩したりしたことの詫《わ》び代わり」という照れ隠しが珠子にどう響くかまで想像することができなかった。

最後の客が帰った九時過ぎに、剛がぽつりとつぶやいた。

「なんだか、三日かけて最後まで読んだらしいぞ」

「おしつけるみたいにして置いてきたんだよね。悪いことしちゃったかな」

「まさかお前が本当に小説家になるなんて思ってなかったらしくて。驚いてた」

「小説家なんて、まだそんなところに行ってないって」

言いながら、そこはどこかと自問している。剛が、生ハムの塊を大判のラップフィルムで包みながら、こちらを見ずに言った。

「ちょっと、二階に来て欲しいそうだ」

「なんだろう」

「話がしたいらしい」

いちいち目を見ないところはいつもの剛だ。「悪いな」のひとことで、あまりいい話ではないことを悟った。

春の陽気があるかと思えば、冬場よりも冷たい風が吹く季節だった。訪ねてゆくと、珠子がゆったりとしたフリースの部屋着姿で待っていた。オフホワイトのフリースは、まだおろしたてなのか毛玉もできていない。珠子は、令央にストーブの側に置いた座布団を勧めながら「冬物バーゲンで七割引きだったの」と笑った。テーブルには『砂上』が置かれている。

「疲れてるのに呼んじゃって、ごめんなさいね。デビュー、本当におめでとう。ひとこと感想を伝えたいと思ったもんだから」

「すみません、こんなに早く読んでもらえると思ってなくて」

令央の言葉を遮るように「面白かったわよ」と珠子が『砂上』を手に取った。

「とっても面白かった。この、『北の女が綴《つづ》る、女たちの葛藤《かっとう》』ってすごい文句ねえ。令央ちゃんがどんなふうにものを見ているのか、なんとなくわかったし、わたしなんかが思っていたよりずっとずっと頭のいい子だったんだって、正直申しわけない気持ちでいるの」

恐縮するしかない言葉が等間隔に並んでいた。居心地が悪いひとときを、どう切り抜ければいいのか先が読めない。

「作家先生をうちの馬鹿息子の嫁に、なんて言ったこと悪く思わないでね」

珠子が本をテーブルに戻した。ただ置いたにしては音が気になる。放った、というのとも少し違う。言っているほどの関心がないことを示す音なのだと思えば納得できそうだ。数秒の沈黙のあと珠子はお茶も出さずにいることを詫びながらも、ソファーから立ち上がる気配を見せなかった。

「どこからどう読んでも、舞台はうちのお店よね。本になる前にひとこと言ってくれたらもっと応援できたのに。でも、これで少しはお客さんが増えるかもしれない。令央ちゃん目当てのお客さんが増えたら、わたしも鼻が高いわ」

珠子の声には抑揚がなく、溜《た》めに溜めた言葉をどう裏返そうかと腐心しているゆえの棒読みに聞こえた。

「勝手なことをして、すみませんでした。書くことに精一杯で、材料にした場所とか人のことを考えられませんでした。ごめんなさい」

いいのよ材料で――

余裕のある態度を崩さず、声だけが妙に澄んでいた。令央は心を弛《ゆる》め、彼女の言葉を待った。

珠子はひとしきり『砂上』に出てくる母親と娘の関係がいいと褒めちぎり、まさか作中に自分が焼いた年末の玉子焼きが使われてるとは思わなかったと笑った。目の奥にはまだ尖《とが》った光がある。令央ちゃん、と珠子が言葉を切った。

「あなた目当てのお客さんが増えることは嬉《うれ》しいんだけれど、それじゃあこの店がボージョレ・ヌーボーみたいになってしまう。正直なところ、季節限定はメニューだけでいいのよね」

どういう意味でしょうか――

「令央ちゃんを、これ以上邪魔するのはやめようって思ったの。これは剛ともしっかり話し合ったことだから。どうぞ毎日、心置きなく小説を書いてちょうだい」

こういう言葉で報復する方法もあったのだ。令央に問う間を与えず、珠子が言った。

「明日から来てくれるっていうひとがいてね、ありがたいと思って決めたの。令央ちゃんも作家先生となればますます忙しくなるだろうし、ここでお皿運んでる場合じゃないだろうから」

「珠子おばさん」

「いいのよ、遠慮しないでちょうだい。はやく有名になって、うちを舞台にしたお話をたくさん書いてくれたら嬉しいわ」

令央はその場でそっと両手をついた。頭を下げる。

「長いあいだ、ありがとうございました」

珠子からは、どんな言葉も返ってこなかった。

階段を下りると、まだ厨房《ちゅうぼう》に明かりが点《つ》いていた。帰ることくらいは告げたほうがいいだろう。そうでなくては、剛が二階に上がれない。もう二度と開けることがないかもしれぬドアは、冬場のきしみがなくなり軽かった。

「今まで、どうもありがとう」

「俺は、どうもしてやれなかった。悪いと思ってる」

「よく考えればわかりそうなことだったのに。わたしが鈍かったんだよ」

「いろいろあるだろうけど、元気でやれよ」

「お互いにね」

　グラスを磨く剛の姿は軽やかで、指先は遠慮に満ちてなお美しい。ここで、珠子がどのくらい怒っていたのかを問うても始まらないだろう。

　これ——剛が最後の給料とサンドイッチの入った袋を差し出した。いつもより深く頭を下げ、礼を言って受け取る。今夜、帰宅してすぐに食べるもののあるありがたさを実感し、収入源を断たれたことを改めて思い知った。

　外に出ると、駅舎の前に迎えの自家用車が列を作っているのが見えた。札幌からの電車が着いたようだ。一台ずつ交差点へと出ては左右に散ってゆく。春の気配は感じられるのに、春がどんな季節だったかを思い出すことができなかった。

　昨日と同じ道を、家に向かって歩いた。心許《こころもと》なさが吹きすぎてゆく。ふと、思い立ってバッグから電話を取りだした。しばらく更新されていない通話の履歴を見ていて、風に吹かれついでのような心持ちで小川乙三を呼んだ。コール二回で乙三の声がする。

背後が静かだ。まだ会社にいるのかもしれない。

「夜分にすみません、柊です」

「ちょうどよかった、いまメールを打とうと思っていたところです」

　仕事帰りなのかと問われ、そうだと答えた。

「今日で、解雇されました。わたし、完全に無職になりました」

「そうですか。でも、良かったんじゃないですか」

　乙三の声が冷たい風になって背中を通り過ぎた。

「この先、なんの遠慮もなく書けるじゃないですか。解雇なら差し引きゼロです。書き手としては自由でよろしいと思います。当面の生活が大変なようでしたら、印税の振り込みを早めるように部署に伝えますが、どうしますか」

　一冊千三百円、初版四千部――振り込まれる金額は税引き後で四十万と少し、と聞いた。令央が手に入れた、自由の値段だった。

「いや、もう少し大丈夫です」

「筆一本で食べられるような状況じゃないですから、早めに収入を得る方法を考えてくださいね。これを機に、いきなり東京に出てくるとか言わないでください」

「そういうこと、あるんですか」

「作家は個人商店ですからどこでも店を開けますし、基本わたしたちは実際の生活には立ち入りません。どこでどんな生活をされていようと、面白い小説さえ書いていただければいいんです。ただ、生活はご自身が得た収入の範囲内でしていただかないと困ります。柊さんの場合本を一冊出すのに丸一年かかっていますから、今までビストロ勤務で得ていた年収より低いんじゃないですか」

乙三は「いただいた電話で恐縮ですが」と言いながら、メールに書くつもりだった連絡事項を手元のメモでも読むように続けた。

「取材の依頼が三件入っています。文芸誌が一件と、うちの編集部の新刊紹介、あとはうちのグループ会社が持っている冊子の新人著者紹介欄が一件です。来週の月曜日、こちらにお越しいただけますか。旅費は当社で負担します」

「ありがとうございます」

「一泊あればすべて終わると思います」

「なにを話せばいいんですか」

「小説のことですよ」

作中でも乙三が言葉に詰まったことはなかった。そんなことを思いだし、心なしか気分が持ち上がる。

「では、詳しいことはメールで再度ご連絡させていただきます」

「お願いします」

風と同じ音を残して通話が切れたあと、令央はまたひとりになった。風は向きや温度を刻々と変えながら体を通り過ぎて行く。

——そういえば、すべてに「捨てられる」女を書いたんだった。

いいじゃない、と夜に向かって大きく頷いた。長い時間がするりと体から抜けていった。自分は、生きてゆくための「しがらみ」からも捨てられた人間になった。

『砂上』に、ひとり上等、という一行を書けばよかった。その思いはいつしか「次の話で書けばいい」に変わった。

# 12

令央が翔文館書店の社屋に着くまで、羽田から二時間かかった。乙三から送られてきた時刻表には、駅で迷う時間までは入っていなかった。約束の時刻ぎりぎりにたどり着いたものの、打ち合わせの時間は残っていない。

急いで入館の手続きを済ませ出版社ビルの階上へと上がる。乙三はひとことふたこと令央に告げるだけで、メールと違《たが》わぬ愛想のなさだ。乙三からは「わたしとのやり取りをすべて話すと取材者が興ざめするということをお忘れなく」と釘《くぎ》を刺されている。座席の数が三十はありそうな、見たこともないような大きな会議室の、机の端でインタビューを受けることになった。乙三は適当な会議室がすべて満杯だった、と涼しい顔で言う。

現れたライターは「失礼します」と言って、小型の録音機を令央の前に置いたあと、にっこりと微笑んでこちらに切り込んできた。

「失礼ですが、どちらかというと、暗い感じのする作品でした。今までもずっとこういったものを書かれて来たんでしょうか」

「自分に心地いい照明の下で暮らしているので、ひとがどんな明るさを求めているのかよくわからないんです。初めて書いた長編なので、いまはこれが手一杯です」

「初めてにしては練り込まれていると思います。編集者への持ち込み原稿だったと伺っていますが、なぜ新人賞などに応募されなかったのか、差し支《つか》えなければ教えてください」

乙三を見た。令央からふたつ離れた席で書類に視線を落としていた。

「他社の新人賞に何度か応募していましたけれど、どれも通りませんでした」

「『砂上』はリアルな男女の会話や母と娘のシーンが印象的でした。ある程度、実体験に基づいて書かれたのではという読み方もできるんですが、そこはどうなんでしょうか」

「十六で娘を産んだのは本当です。母親や娘の年齢に狂いがあると困るので、そこだけ使いました」

「では、お嬢さんとは今も一緒に暮らしているんですね。ご関係はどうなんでしょうか。この本に書かれているような、素っ気ない感じですか」

「素っ気ないかどうかは分かりませんが、関係は悪くないと思います」

「おひとりで育てられたんでしたね。大変なご苦労をされたんでしょうね」

「ほとんど母が育てましたので、あまり子育ての苦労というのは経験していないんです」

「実際のお母様は――」

「一昨年、他界しました」

「失礼ですが、柊さんのお母様がこの小説に登場する母親のモデルだったんでしょうか」

「書き終わってみると、なんとなく似ているような気がします」

　いかに物語と実生活が重なっているのかを聞きたいのだと気づいて、心持ちが尖《とが》ってきた。さあ何でも訊《き》いてくれ、と思ったところで取材時間が終わった。令央のほうに、手応《てごた》えらしい手応えは残っていない。

　次は令央が毎年応募していた会社の文芸編集部の取材だ。

手帳の上に置かれた乙三の携帯電話が震え始める。左手が、優雅な仕草でそれを耳へと持って行った。

「現在会議室で待機中です。よろしくお願いします」短いやり取りで電話を閉じた。五分後に担当者が会議室に現れた。

　愛想よく名刺を差し出す男性編集者に、少し離れた場所で乙三が「よろしくお願いします」と、乾いた緊張を強いた。令央は下げた頭をゆるゆると持ち上げ、席に着いた。男は慇懃《いんぎん》な挨拶《あいさつ》のあと「小川さんも、お元気そうで」と言いながら腰を下ろす。年の頃は、乙三とそう違わぬようだ。広い会議室に、彼の高い声がひときわ大きく響いた。

「やっぱりデビューしましたよね。柊さんならきっとこんなときが来ると思ってたんですよ」

初めて会った人間が自分を知っているとは思わなかった。令央は戸惑いながら面識がないことを確かめた。

「うちの編集部では、この人から次にいいものが来たら声を掛けるという予定だったんです。そこを、うちの社を辞めた小川にするっと持っていかれた。まあ彼女のそういったルール違反はいつものことだから、別にいいんです。人と時間を割いて育てる手間が省けましたから」

乙三はまったく口を出さない。令央はこの張り詰めた空気が怖くて、乙三のほうを見ることができなかった。

「早速ですが、このお話を書いたきっかけを教えてください」

「十代のころからほとんど自分に期待せずにやってきたんですが、小川さんに出会ってから、期待していないスタイルもなりゆきまかせの考え方も、すべてが期待の裏返しではなかったかと気づいたんです」

「小説を書くことで浄化されてゆくものがあった——と」

言いながら男は、ノートにさらさらとボールペンを走らせる。

令央は、それが真剣な目なのか真剣そうに見える目なのか、人間の内側にあるほの昏《ぐら》い場所を見極めたい一心で、彼を見た。

「柊さん、不思議なことに『砂上』を読んでいると、なんだかこちらの気持ちがささくれ立ってゆく感じがするんですよ。そこは読者の側に立って、かなり意識された部分なんでしょうか」

「書き手がささくれているのかもしれません」

「正直なところ、女たちからいいように扱われている残念な男しか出てこないな、と思ってしまったんですよね」

「そうですか――」

ひとつふたつ、前の取材と同じような質問をしたあと、男はノートを閉じた。そしてまた、会議室にやってきたときのような軽い調子で言った。

「で、小川はいったい柊さんにどんな手を使ったんですか」

意味を問う前に、乙三が令央の視界に入った。が、背もたれから背を離した彼女は変わらず無表情だ。

「どんな手って、どういう意味でしょうか」少し早口になった。

「小川はね、この一年で地方の作家を三人も一本釣りしてるんですよ。それも、どこかの新人賞とってそのまま塩漬けになってるのとか、二次通過十年選手とか。共通点は業界に疎くて、とにかく東京にはあまり縁の無い書き手ばかりだったんです。九州、鳥取、そして北海道は柊さんですよ。この時代、新人賞の冠もない無名の新人がハードカバーで初版四千部は大盤振る舞いです。ここの会社は相当、小川乙三に期待しているってことです」

広い会議室の空気がぐるりと一周するくらい、沈黙が続いた。令央は、彼の言葉にさほど傷つかないことに妙な自信を得る。そして乙三は、元同僚の挑発的な態度に応じなかった。彼はゆるりと目を泳がせ言った。

「小川乙三という編集者はどうやら、それぞれの書き手によって自分の生い立ちや来し方を変えて話すらしいんですね。二度の自殺未遂の末に文芸の編集者を志したとか、半身麻痺《まひ》の亭主がいるとか、もともとは書く側だったとか、生き別れた子供がいるとか」

令央は、男の目を真っ直ぐに見たまま浅く頷《うなず》いた。『砂上』でミオを描いたように、今日は小川乙三という編集者を心に迎え入れる日なのだろう。

乙三が、机に置いた手帳と携帯電話をずらし、ゆったりとした声で「そろそろお時間です」と言った。その態度を制するというよりは、半ば慈愛めいた気配だ。男はやめない。

「うちの編集部で長いこと温めてきた新人が小川乙三の語る身の上話にぞっこんで、とうとうこの夏こちらの社からデビューですよ。柊さんみたいな書き手、いっぱいいるんですよ。小川はうちの編集会議で本を出すの出さないので揉《も》めた挙げ句、編集長と殴り合い寸前のトラブルを起こして退社しました。まぁ、この世界書かせたもん勝ちだからいいんですけどね。うちとしては小川の傲慢《ごうまん》編集を失ったのはある意味痛手らしいんですけど。つまりこっちの会社もすぐに文芸で採用というわけにもいかなかったくらい、小川乙三は札付きってことです。ただね、無名の新人をばんばん世に出す編集者が、その何倍もの数の書き手をつぶして来たっていう現実に、いつか柊さんも気づくときが来ますよ」

すべての取材を終え、乙三が机から離れた椅子を元に戻し始めた。外はもうすっかり闇に包まれていた。乙三が会議室のブラインドを下ろし終えたところで、令央はようやく彼女の声を聞くことができた。

「生まれて初めての取材はいかがでしたか」

「訊かれたことに答えるのが精一杯でした。上手く答えられたかどうかわかりません」

「上手く答えたところはおそらく使われません。彼らは、どんな質問のときに柊さんの目が宙を泳ぐかを見に来ているんです」

すべての取材を終え、さて会議室を出ようというとき、乙三が浅く頭を下げ、言った。

「申し遅れましたが、五月一日からわたくしは『女性文化』から『文芸飛翔《ひしょう》』へ異動になります。今後の体制としては、わたくし小川が正式に柊さんの担当としてお原稿をいただくかたちになります」

今までとなにが変わるのかと問うと、なにも変わらないという。

社屋を出ると、普段は目にすることもない数の人間が橋を渡り夜道を行き交っていた。ぼんやりしていると次々と人にぶつかりそうだ。すいすいと人波に逆らい誰にぶつかることもなく歩く乙三の後ろを、小走りについてゆく。まだ四月だというのに、ここにはもう初夏の風が吹いていた。

彼女が案内してくれたのは、こぢんまりとしたふぐ料理の店だった。半個室のブースに置かれた「予約席」の札と入れ替わりに、熱いおしぼりが出てくる。ビールでいいかと問われ、はいと答えた。いつかこんな距離で、同じようなやりとりをしたのを思い出す。主体性がない、と指摘されて戸惑った日がずいぶん遠いところにある。いまはあるのか、と問われたら、同じくビールを頼むことになんの抵抗もないくらいの主体性はある、と答える。

「小川さん、わたしフグを食べるの初めてなんです」

「いつか飽きるほど食べられるようになったら、奢《おご》ってください」

令央は返す言葉もなく、運ばれてきたビールを喉《のど》に流し、ジョッキを置いた。乙三のジョッキは半分空いている。

書き手によって語る「自分」が違う——

さきほどの話が本当なら、乙三に、本当に息子がいるのかどうかも怪しかった。

「そういえば息子さん、中学二年生になるんじゃなかったですか」

乙三はジョッキを傾け、残りを飲みきったあと真面目な顔で「そうなんですよ」と答えた。令央のなかで、新たな小川乙三が輪郭を太くしてゆく。乙三は令央に、運ばれてきたふぐ刺しの食べ方を教え、店員に二杯目のビールを注文した。

「高校受験を視野に入れて、塾に通わせることにしたんです。東京で育てることを考えたら、のんびりしたもんですよ」

乙三の張り巡らした壁が、真実なのか虚構なのか見極められない。初めて口にしたふぐの刺身は、見かけは白身の魚だが食感は生肉を想像させ、目の前の小川乙三をいっそう淡泊な印象に変えてゆく。

「柊さん、実際のお母さんはどんな方だったんですか」

「直した原稿、どれも彼女だったような気がするんです。不思議ですね」

「ご関係もですか」

訊《たず》ねられて初めて出る答えもあるのだった。

「もっと——もっと乾いていた気がします。好きでも嫌いでも、憎んでもいませんでした」

想像で書いたこと、結局使わなかった場面のお陰で、ミオと自分は再び母と娘の関係をやり直せた。そう思った途端、ミオの不在がたまらなく心細く思えてきた。

「次のお仕事のことで、ちょっとお話ししたいんですけれど、いいですか」

乙三がするりと話題を変えた。

「長編書き下ろしの次は短編で、と思っています。手前味噌《みそ》で恐縮ですが『文芸飛翔』は、短編と長編が半々の、バランス良い文芸誌です。五月末の〆切で、もし特集に載せられるようなお原稿が上がりましたら、掲載させていただきたいんです」

書いても載らない場合がある、ということだった。

「書きます」

「夏が近づくと、どこの文芸誌も怪奇か官能どちらかの特集を組みます。そこに掲載されるかどうかで、まだ連載を持っていない書き手は一回一回力を試されてゆくんです。うちは今回、官能特集を組みます」

「官能って、やっぱり男女の話でしょうか」

「そうとも限りません。性愛ありき、でもないです。なにを官能と呼ぶのか、どう官能と結びつけられるのかは、書き手の捉《とら》え方ひとつです。官能の上にこちらがなにか枕を付けるようなことはしませんので、ご自由にお書きください」

ご自由——この言葉が持つ恐ろしさを、乙三と出会ってからずいぶんと味わったのではなかったか。令央は、いったい自分がなにと闘っているのかわからないまま、ジヨッキの底に残っていたビールを飲んだ。

「柊さん、けっこう飲まれますね」

「喉が渇いてるみたいです」

令央の脳裏に、ゆるいカーブの道が現れた。道の先は行き止まりだとわかっているのに、行かずにはいられない。しかしよく見ればその道は、数多くの足跡で出来た砂の紋様なのだった。

耳の奥で、砂と砂が擦《こす》れる音がする――

この女はとうに令央に答えを与えていたのだった。柊さん、もし今の話を信じたのなら、あなたの武器はそこなんですよ――

「男の書き手を騙《だま》す女性編集者の話なんて、どうでしょうか」

「柊さんに、書けますかね」

「書いてみます」

ゆるいカーブがこのままずっと、行き止まりを見せずに続いてゆくことを祈った。

砂地で乾いてゆくなにもかもが、文字で書かれた水でしか潤わない。ここを歩いてゆくことに、いまはなんのためらいも感じなかった。

脳裏に広がる景色では、歩くのも砂の上、座りたくなっても砂の上だ。いつ歩いてもいいし、いつ座ってもいい。

砂は令央の手でさまざまなものへと姿を変える。固めることの出来る水と腕を持たなければ、いつまでもかたちにならず、この手からこぼれてゆく。

自ら死を選んだという乙三の夫が実在したのかどうか、実際のところはどちらでもよかった。彼が遺《のこ》した言葉「人に評価されたいうちは、人を超えない」は、いつまでも令央を傷つける。そして、そのたびに乙三のひとことがその傷を癒《い》やしてゆく。書き手が傷つきもしない物語が読まれたためしはありません——

　ふるりと全身に震えが走った。

「どうしました？」

「小川さん、ちょっとやそっとで死にたいなんて思わない書き手に会いたかったと仰《おっしゃ》っていましたよね」

　嘘をつき通すための真実なら、まだもう少しこの手にあった。

「そんなこと、言いましたっけ」

　できるだけ粒の細かな砂をより分けてゆくのだ。乙三のとぼけた横顔を、いつか無理やりこちらに向かせる。

「言いましたよ、二度目に会ったとき」

　乙三の頬が弛《ゆる》んだ。

　令央は足裏の感触を確かめながら、脳裏に広がる砂の上をゆっくりと歩き始めた。

# 解説

新《あら》井《い》見《み》枝《え》香《か》（書店員）

「砂上」は、書けても恥、書けなくても恥でした。

書店の店頭に飾る色紙に、桜木紫乃さんが書き添えた一文だ。『砂上』の中にも《「砂上」という物語は、柊令央の生き恥だった》という一文がある。柊令央が「砂上」を書き上げるまでを、桜木紫乃が『砂上』という小説にした、という構造なのだ。すると、小説を書く二人に共通点を見出したくなるのが人情ってものらしい。だが、この解説では「柊令央は桜木紫乃なのか」とか、「編集者とのやり取りは実話なのか」とか、そういった検証は一切行わないので、期待されている方には、先にお断りしておく。ネタバレがあるかないかと聞かれれば、ないと答えるが、本文より先に読むことで、なにがしかの影響はあるかもしれない。全くないのだとすれば、それはそれで解説として問題のような気もする。しかし、読まなくても、全く問題はない。実際私は、知らない人が書いた文庫解説など、たいてい読んでいない。

どんな小説も、読んだあなただけのものだ。

　私は昔から、他人の喜怒哀楽を理解できても、共感することは滅多にない。そんな人間が、カリスマ書店員で御座いと店頭に立ち、多くの人が共感を求める「小説」を販売しているのである。一方、20代の女優が「メガネ型拡大鏡」をかけて、堂々と微笑む広告もある。加齢による目の衰えがない彼女は、それを必要とする人の悩みに、共感することはできない。しかし、その商品が優れている点を理解し、誠実な広告塔になることは可能だ、と私は思うのだ。アパートに住みながらタワーマンションを売ることも、男性作家が女性視点で物語を書くことも、全く不自然でも不自由なことでもない。想像力が必要であればあるほど仕事は面白く、そこから生まれる発見も大きい。「共感できました！」が小説にとって最上の褒め言葉になることにも、私は疑問を抱く。「全く共感できない」「自分とはかけ離れている」そういう部分こそが、むしろ小説の美味しいところではないだろうか。幸運なことに、私にとっては、ほぼ全ての登場人物に「共感できません！」。

　私は行きがかり上、芥川賞・直木賞と同日に、自分が読んで一番面白かった本を「新井賞」として発表し続けており、『砂上』は第7回の受賞作である。店頭に立っていると、受賞作を読んだお客様に話し掛けられることが多いのだが、この作品については、どうやら何かを伝えたいようだが、ほとんど言葉になっていない感想ばかりだった。なんたる名誉。最高の反応ではないか。心が縦にも横にも動かなければ、わざわざ私に声を掛けることもないだろう。何かを感じたから、誰かに伝えたいのだ。だがそれは手軽な「共感」などではなく、うまく別の言葉で言い換えることもできない。《屈託とか葛藤《かっとう》とか、簡単な二字熟語でおさまらない話が読みたいんですよね》作中の言葉が喉まで出かかる。お客様、そういう話が読みたかったんですよね？

若くして主人公の令央を生んだミオは、何事にも動じない、不思議に明るい人物だ。そのせいで、何を考えているのか、何も考えていないのかもわからない。しかも物語は、彼女が60で唐突に亡くなった直後から始まっているため、ますますもって、謎に包まれている。肝心の令央も、ミオをわかっているとは言いがたく、一緒に暮らしていたのに、死別を悲しんでいる風もない。そんな令央は、別れた夫から入金される月5万の慰謝料がなければ、生活が立ちゆかない40歳の女性である。小説を書き続けるも、応募した賞には引っかからない。そこで焦ったり、自己嫌悪に陥ったりすれば共感を呼ぶこともあるかもしれないが、そういった思考はなさそうである。この小説には、ろくな男が一人も登場しないし、柊家のもう一人の娘・美利に関しては、かなり特殊な生い立ちであり、令央との距離はミオよりも遠い。ミオが亡くなって、ようやくＬＩＮＥを交換したくらいである。そして極めつけが、編集者の小川乙三だ。「共感」などという熟語をうっかり使えば、言葉の武器でこてんぱんに殺《や》られるだろう。たとえ小説家ではなくても、舌を嚙んで死にたくなるような正論で評価を下す彼女は、相手の恥の在処《ありか》を瞬時に見抜く力があるのかもしれない。それこそ命を削るようにして書いた小説を、あっさり叩き落とされたその時だけは、さすがの私も令央に肩入れしたくなる。しかしそれは共感ではなく、同情だ。

令央が雑誌のエッセイ大賞に応募した作品は、最優秀を逃したものの、優秀賞に選ばれた。それを読み、もののついでとはいえ、はるばる北海道の江別まで会いに来てくださった編集者、小川乙三からの、ありがたい言葉を聞いてください。どうぞ。

《主体性のなさって、文章に出ますよね》

何かを期待したのが馬鹿だったのか。いや、するだろう、さすがに。言われると、言われる前には死ぬまで戻れない呪いの言葉というのがある。「主体性」を気にすれば気にするほど自らの意思が輪郭を失い、ますます「主体性」が消えていく。とにかく、褒められているわけではないだろう。しかし、わざわざ喧嘩を売りに来たわけでもあるまい。一体どういうつもりなのか。わからない女といえば、小川乙三の右に出る者はいないのだった。それだけに、私の心には令央よりもずっと、彼女が強く印象に残っていた。

だが、単行本発売から3年経ち、改めて読み返してみると、あらゆる人間関係が希薄で、鈍感で、いい年こいても上手く生きる術《すべ》を見つけられない、見つけようともしない令央は、自分とそっくりだった。気付けば年齢も、令央と同じ40になろうとしている。令央に感じる苛立ちや好もしさが、彼女に共感できる故だとすれば、それはあまり気持ちのいいものではなかった。乙三の言葉はそっくりそのまま私を突き刺し、美利が令央に感じるもどかしさを否定できない。それでも自分は、変わろうとしない。私はなぜこの小説を「面白い」と思ったのか。己の愚かさを見るようで不愉快なのに、どこか爽快で、読めば読むほど、わからなくなるのだった。

ここまで書いて、私の筆は止まった。今まで何度か文庫解説を書いたことはあるが、こんなにしんどいのは初めてである。自分のエッセイ集ですら、するすると3冊も書き上げた。どうせ私の本当なんて、誰にもわからないだろう、と高を括《くく》って、本当のことを平気で書いた。そもそも本当なんて、あるようでないものだと思っている。だから、編集者や読者のどんな反応も私の心を傷付けることはなかった。

初めて会った令央に、乙三が落としていった爆弾がもうひとつある。

《このひと精神的に決定的なダメージを受けたこともなければ、友達もいないんじゃないかって思ったんです》

「砂上」の原型となる、過去の応募作を読み、面白かったと評した上で、この言葉だ。もちろん、だから積極的にダメージを受けろとか、友達を作れという話ではないだろう。ものを書く上では、それすらも、面白いのではないか。令央は変わらなくても、変わってもいい。とりあえず死にさえしなければ、どんなことだって書ける。書けたことは、面白いことに変わる。何度も読み返すうちに、そういうことではないだろうか、と私の思考は勝手に飛躍していったのだ。

私がずっと感じていた、埋まることのない自分自身との距離が、書くということでずいぶん肯定されてきたことに気付く。喜びも悲しみもどこか他人事で、「自分」を見ている自分が消えることのない人生。それは愉快で、退屈することがなかった。

令央は何故「砂上」を書き上げたのか。それは、砂の上に立った令央を見て、それぞれが勝手に想像することだ。それにしてもあんな変な女、共感などできるわけがない。私は私なりの答えを見つけ、やっぱりどう考えても、この小説はクソ面白い、という結論に至った。

以上、小川乙三の言葉を胸に刻み、「主体性」を心がけて書かせていただいた、私なりの解説だ。期待通りのものではなかっただろうが、期待通りのものなんて、どうぞご自分でお書きください。

本書は二〇一七年九月に小社より刊行された単行本を文庫化したものです。

# 砂《さ》上《じよう》

桜《さくら》木《ぎ》紫《し》乃《の》

令和2年 7月25日　初版発行
令和6年 11月15日　4版発行

発行者●山下直久

発行●株式会社KADOKAWA
〒102-8177　東京都千代田区富士見2-13-3
電話　0570-002-301（ナビダイヤル）

角川文庫 22251

印刷所●株式会社KADOKAWA
製本所●株式会社KADOKAWA

表紙画●和田三造



●お問い合わせ
https://www.kadokawa.co.jp/（「お問い合わせ」へお進みください）
※内容によっては、お答えできない場合があります。
※サポートは日本国内のみとさせていただきます。
※Japanese text only


ISBN 978-4-04-109597-3　C0193

◆◇◇

# 角川文庫発刊に際して

角川源義

第二次世界大戦の敗北は、軍事力の敗北であった以上に、私たちの若い文化力の敗退であった。私たちの文化が戦争に対して如何に無力であり、単なるあだ花に過ぎなかったかを、私たちは身を以て体験し痛感した。西洋近代文化の摂取にとって、明治以後八十年の歳月は決して短かすぎたとは言えない。にもかかわらず、近代文化の伝統を確立し、自由な批判と柔軟な良識に富む文化層として自らを形成することに私たちは失敗して来た。そしてこれは、各層への文化の普及滲透を任務とする出版人の責任でもあった。

一九四五年以来、私たちは再び振出しに戻り、第一歩から踏み出すことを余儀なくされた。これは大きな不幸ではあるが、反面、これまでの混沌・未熟・歪曲の中にあった我が国の文化に秩序と確たる基礎を齎らすためには絶好の機会でもある。角川書店は、このような祖国の文化的危機にあたり、微力をも顧みず再建の礎石たるべき抱負と決意とをもって出発したが、ここに創立以来の念願を果すべく角川文庫を発刊する。これまで刊行されたあらゆる全集叢書文庫類の長所と短所とを検討し、古今東西の不朽の典籍を、良心的編集のもとに、廉価に、そして書架にふさわしい美本として、多くのひとびとに提供しようとする。しかし私たちは徒らに百科全書的な知識のジレッタントを作ることを目的とせず、あくまで祖国の文化に秩序と再建への道を示し、この文庫を角川書店の栄ある事業として、今後永久に継続発展せしめ、学芸と教養との殿堂として大成せんことを期したい。多くの読書子の愛情ある忠言と支持とによって、この希望と抱負とを完遂せしめられんことを願う。

一九四九年五月三日